# 中野のお父さんと五つの謎

北村 薫

文藝春秋

# 目次

漱石と月　5
清張と手おくれ　65
「白浪看板」と語り　109
煙草入れと万葉集　171
芥川と最初の本　235

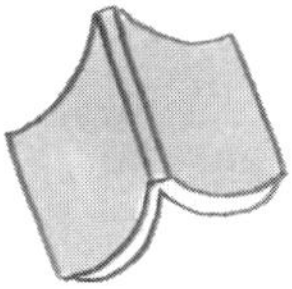

装画・本文挿絵　益田ミリ
装丁　大久保明子

# 中野のお父さんと五つの謎

# 漱石と月

# 1

田川美希《たがわみき》は、文宝《ぶんぽう》出版の社員である。雑誌『小説文宝』編集部にいる。

大学時代には、バスケットボールに青春を捧げていた。授業にも出、テレビでおなじみの有名教授の顔を見たりはした。しかし、体育館の思い出の方が色濃い。

運動部でしっかり活動して来た体育会系編集者だ。汗とボールの日々を送った者たちの仲間意識には、特別なものがある。出身部活との繋がりは、かなり強い。

卒業してからも、よく大学に顔を出した。あれやこれやのさし入れをするだけではない。OGは、社会人の先輩として就職相談にも乗る。

美希はといえば、小論文の書き方のアドバイスもしてやった。そこはそれ、毎日、文章と向き合っている身だ。お手のものである。面接の指導などもしてやった。

卒業生の就く職種はさまざまだ。

選手時代、コーチの指導に感銘を受け、パーソナル・トレーナーの道に進んだ先輩もいる。その道で知られる人になっている。アスリートから女優、一般人まで何十人もの体調管理を引き受け、大きな信頼を得ている。体育会系の進路として納得できる。

一方、美希のように文芸編集者を志す者もいなくはない。かなりの後輩になるが、春秋《しゅんじゅう》書店に入った子がいる。

子供の頃から本が好きだったという。コートに立ちながらも、

――ボールを手から放したら、次は編集者になりたい。

というのが、来世を夢見る信者のごとき願いだったという。

そこに美希がいた――というわけだ。先輩の中の先輩、キング・オブ・キングズのように、輝いて見えたらしい。指導を実に熱心に聞いてくれた。

その子が、この六月、めでたくジューンブライドになった。

「何で、六月が縁起がいいんですかね」

「よくぞ聞いてくれました、田川ちゃん」

と、『小説文宝』編集長、百合原《ゆりはら》ゆかりが胸を張った。美希は、眉を寄せ、

「また、いいかげんなこというんでしょ」

「上司をなめちゃあいけないよ。六月はね、結婚と女性と家庭の守護神ジュノーの月なんです」

「……ジュノーですか」

「だから、ジューンだよ」

「あ。そうか」

「その神様の月だから、保証付き。六月に結婚すると幸せになれる。ジュノー様が守ってくださるんだ」

「はああ」

「まあ、三月に結婚しても幸せになった人はいるよ。――わたしだけどね」

「あい」

いいかげんな返事に、

「今、余計な情報だと思ったでしょ？」

「いえいえ」

ゆかりは、ボールをドリブルして逃げる選手を、しつこく追いかけるように、

「日本にも、じゅのう、というのがあります」

「ほ？」

「《寿》に、能力の《能》と書いて《じゅのう》」

ますます分からない。

「何です、それ？」

「埼玉県さいたま市にある、縄文時代からの遺跡だよ。――寿能遺跡。貴重なんですよん」

ジュノー様とは何の関係もない。完全に余計な情報だ。

## 2

それはさておき、大きなホテルで、その後輩の披露宴があった。他社ではあるが、美希も招待された。

連れ合いは、春秋書店で同じ部署にいる編集者だ。美希がいなければ、出版社の入社試験に合格することもなく、運命の相手と巡り合うこともなかった——と、心から感謝している。真っすぐな子なのだ。

六月らしく、しとしとと雨の降るうっとうしい天気だったが、そこはそれ、雨降って地固まる——である。結婚には、縁起がいい。

かなりの人数が集まったが、この時期なので、お酒なしの静かな会だった。

美希にとっては、着物に袖を通すよい機会になった。

祖母も母も着物好きで、沢山持っていた。当然、美希へと引き継がれるはずだったが、バスケットには向いている身長が問題だった。残念ながら、譲り受けることが出来なかった美希のため、母が買ってくれたものである。

青磁色の地に鶯《うぐいす》と椿。細かく気にすれば、梅雨の時期の柄ではないが、芸子《げいこ》や女将《おかみ》さんのように仕事で着るわけではない。

——親にもらった、大切な着物だ。季節感の多少の違いはオッケー。愛あるもので行くのはいいことだろう。

と、考えた。

母が、

――これは、おばあちゃんが結婚式で締めたものだそうだよ。

と、帯を選んでくれた。

美希はそれを着て、スピーチをした。新婦のバスケットボール選手としての活躍を生き生きと語り、春秋書店の皆様方にくっきりと鮮やかなイメージを与えた。これは、社内の活動だけ見ている者には分からない。実際、その子のいる時、チームはまれに見る好成績を残したのだ。

特別な時期ということで、余興はなしだった。春秋書店の偉い人の中には、こういう時、南京玉すだれをやりたがる人がいる、という噂だった。

――あ、さて。あ、さて。さても南京玉すだれ。

と練習していたのかも知れない。しかし、熟練の技を見せる場とはならなかった。

歌も出なかったので、静かな感じではあった。その代わり、心のこもった挨拶が続いた。落ち着いた、気持ちのいい披露宴だった。

食事と、テーブルごとにまわって来る写真撮影の時は、マスクをはずした。着物に合わせて髪をアップにしていたので、いつもとちょっと印象の違う美希だった。

カメラは、隣に移って行った。そちらのテーブルには、新婦の同僚たちが揃っている。中の、肩幅のある一人が、マスクをはずした時、ちょっと照れた子供のような表情を美希に向けた。

——やあ。

とか、

——分かるでしょ？

といった感じだ。

顔が出れば分かる。美希が幹事をしている、編集者ソフトボールチームのエース、——手塚《てづか》だ。

見かけ通りの剛腕である。試合の時には、頼りになる戦力だが、このコロナ禍で自粛となっている。大勢の集まるパーティや受賞式もなくなっていた。手塚の顔を見るのも、久しぶりだ。

3

お開きになった後、春秋書店の編集者、何人かがホテルの喫茶で二次会をやる。顔見知りの人もいて、美希も招かれた。

距離をとって座る。話せなかった分を、ここで——というわけだ。カップを手にした時だけマスクをはずし、下を向く。

あとは、マスクをしての話となった。

新郎新婦について語られてから、一般論になった。

「理想の夫婦のモデルケース、知ってますか」

と、ベテラン女子。

「知ってるの？」

と、聞き返され、

「わたしは、南伸坊さんご夫妻をあげたいんです」

「ほう？」

「伸坊さん、もちろん、イラストも文章も凄いんだけど、――顔まねやるでしょう？」

「うん」

いろいろな人物の顔を、自分の顔で表現する。かなり個性の強い顔立ちなのに、

――全く違う！

という人を対象にしても、ちょっとした工夫で、びっくりするほど似せてしまうのだ。絶妙な、特徴のつかみ方をする。

「あれを始めたきっかけ知ってる？」

隣の女子が首を振り、

「ううん」

「最初は、――聖徳太子なんだって」

「……ん？」

よく、分からない。

「雑誌でそのこと、話してたの。――結婚したばっかりの頃、玄関にスカートはいたクマのぬ

いぐるみが置いてあったんだって」

「うんうん」

「それ見てたら、伸坊さん、突然、――かぶりたくなった」

「――ぬいぐるみを⁉」

「そう。あらがい難い、天のお告げがあったのね。《かぶれよー》という」

「うーん。神秘的」

一同、うなるしかない。

「持ち上げられたクマが、伸坊さんの頭をまたぐ。額にそのスカートが。で、鏡を見たら、――《聖徳太子だ！》」

「……そうかなあ」

シュール過ぎる展開だ。ダリやマグリットでも、そんな絵は描かないのではないか。

「そうなんですって。――で、奥さん呼んで見せたら、一瞬で《おー、聖徳太子だ！》」

「凄いなあ。以心伝心だね」

やる方もやる方だが、分かる方も分かる方だ。

「奥さん、すぐにインスタントカメラを買いに走った。せっかくだからって、髭描いて、靴べら持って、聖徳太子近影を撮った。――編集者がその写真を見て、感嘆した」

「そりゃあ、驚くよね」

「そこから、顔まねがスタートしたんだって」

「ふうん」

以心伝心というより、ここまで来たらもう一心同体だ。二人の人間が、これだけ重なる感性を持つのはまれだろう。美希は、信仰上の奇跡でも見る思いで、つぶやいていた。

「結婚したばかりの旦那の、クマをかぶってる姿を見て、……瞬時にそう反応するのは……難しいだろうなあ」

新婚当初、妻がネコをかぶっていることならあるかも知れない。

「波長が合わなければ、ただの怪しい人だもんね」

「ま、合うと分かってるから、呼んで見せるんでしょうけど。——その辺が《理想の夫婦》なんですね」

と、頷《うなず》く美希。

「そうよねえ。ロックに関心なければうるさいだけだし、——サッカーに興味なければ、大の大人が何で、あんな大勢でボール追っかけてるんだってなっちゃう。仲坊さんたちは、うれしいことに、その辺が一緒だった」

ロックやサッカー以上に愛好者の幅は狭いだろう。狭き門。普通人の——といっては失礼だ、凡人の美希には、クマのぬいぐるみをかぶって聖徳太子というのが、想像しにくかった。

「その雑誌に、写真は載ってたんですか。問題の《聖徳太子近影》は？」

「あ……雑誌は見てない。実はわたし、鼎談《ていだん》を後からまとめた、文庫で読んだの。それにはなかった。残念ながら」

美希は、斜め上方を見ながらつぶやいた。

「うーん。見たい、見てみたい……」

声がした。

「僕、持ってますよ」

「ほ?」

手塚だった。向かいの席で、長い手を上げている。

「たまたまなんですけど、伸坊さんの顔まねの本、持ってるんです」

びっくりだ。タイミングがよすぎる。

「本当ですか?」

「はい。――『歴史上の本人』」

「出てるんですか、それに?」

「ええ。伸坊さんが――織田信長とか、キジムナーとか、いろいろな人になるんです」

「……キジムナーって、人じゃないでしょ」

妖怪ではなかったか。

「伸坊さんだから、何にでもなりますよ。シーサーにまでなってますから」

天下無敵。

「おお」

何という守備範囲の広さだろう。

「で、聖徳太子にもなるわけですが、中に参考写真として、クマをかぶったのも、出ていたと思います。——これが、出発点だという」

「はあ」

「ご興味あれば——」

手塚は、ちょっと迷ったようだ。《お貸しします》というのは、けちくさいと考えたらしい。

「——さしあげますよ」

と、続けた。

「よろしいんですか」

今更、よろしくないとはいえない。

貸し借りなら返す時、また会うことになったかも知れない。そういう機会をみすみす逃す、不器用な手塚であった。

4

別の男子が、身を乗り出し、

「似たような通じ合いといえば、コミックに『家に帰ると妻が必ず死んだふりをしています。』というのがあったでしょ」

「あったあった。傑作だよね」

最初は、奥さんの単純な演技だったのが、エスカレートし、さまざま趣向をこらすようになる。

「あの奥さん、とっても魅力的じゃないですか。それを受け入れる旦那もいい。見事なバッテリーです。通じ合ってる。クマをかぶって相方を呼ぶ感覚ですよね。素晴らしいですよ。奥さんの方に、こんなおかしなことをしても旦那は受け入れてくれる――っていう、絶対的信頼がある。笑われたり、ましてや怒鳴られたりしたら、逃げ出すしかない」

そこで、隣の男が、

「大竹しのぶも子供の頃、よく死んだまねをしたそうだよ」

「そうなんですか」

「そうそう。――妹が小学校から帰って来るのを待ってて、迫真の演技をする。毎度のことだから、最初は《また、やってる》と思う。そりゃそうだよね。ところが何しろ、センダンは双葉より芳し――やるのが天才、大竹しのぶだよ。そんな猜疑《さいぎ》心をねじ伏せるような名演技をしてしまう。妹がパニックになったところで、ぴょんと立ち上がって《うーそだ》。そこで、ようやく芝居終了」

迫力だったろう。

「生まれながらの役者ですね。――でも、『死んだふり』の奥さんは、ちょっと違う。演技でねじ伏せたいわけじゃない。旦那を、天にも地にもたった一人の、大事な大事な観客だと思ってやってる。――自己表現ですねえ」

そのコミックへの思いが、伝わる。別の男子も、

「それによって、掛け替えのない《時》の中にいることを、日々、確認しているんだなあ。あれは――愛の行為だよ」

その人も読んでいる。共感を呼ぶコミックなのだ。

「映画じゃあ、そこんところの微妙な感じを、うまく見せてましたよ」

「映画も観たの」

「ファンですからね。――中に、原作にはない、夏目漱石のエピソードが出て来るんです。漱石は、《アイ・ラブ・ユー》を《月が綺麗ですね》って訳した。要するに、愛してる――は、別の形でもいえる……」

「えっ？」

と、首をかしげたのは手塚だった。

「ん。どうかした？」

「漱石がそう訳したというのは――根拠のない伝説でしょう」

ちょっとざわめく。

「だけど、わたしも、それ、どこかで聞いたよ」

と、何人かの声があがる。美希も小耳にはさんだ……ような気がする。

手塚がいった。

「刑事ドラマに、それが出て来たんです。大学で人が殺される。動機が、漱石の《月が綺麗で

すね》問題なんです。人から人に、何となく伝わっていたエピソードだけど、今までこれといった根拠はなかった。それを示す資料が、見つかったように思える。――要するに、文学上の新発見をめぐる動機だったたんです」

「でも、それは……ドラマでしょ？」

と、女子。

「だから、気になって調べてみたんです。そうしたら、やっぱり、火のないところに立った話のようです」

ベテランの編集者が、

「面白いエピソードは伝わりやすいからね。ネット社会になって、いろいろなことが拡散しやすくなった。そのせいもある。今の世の中、あれもこれも、確認なしの伝言ゲームで、どんどん広がって行く。それは事実だな。――しかし、信頼できる漱石本だったら、《月が綺麗ですね》は取り上げないだろう。――映画で使っていたとしたら、それも創作、小道具のうち、と割り切っているんだな。作る方は、ここにこれがほしいとなったら、どうあっても入れてしまうからなあ。――誰かの、いかにもそれらしいエピソードが、事実ではない――というのは、よくあることだよ。要するに、出来過ぎてるんだな。《いかにも》と《いかもの》は紙一重。――そういう、味付けの材料がなくなったら、時代小説なんか、たちまち膨らみがなくなる。宮本武蔵も坂本龍馬も、書けなくなってしまうよ」

と、まとめた。

## 5

翌日、大御所、村山富美男《むらやまふみお》先生との打ち合わせがあった。自分の部屋から、リモートでやった。梅雨時らしく、朝からずっと雨が降り続いている。こういう時のリモートは、助かる。終わったところで、昨日の《月が綺麗ですね》問題を思い出し、いってみると、

「うん。ちょうど、ある落語家がそれを枕に使ってる——という話をしたばかりだよ」

村山先生は、野球、ソフトボールから将棋、落語まで幅広い趣味をお持ちだ。

「話した相手が、日本文学の専門家。真面目な人だったから、苦り切ってるんだ。そんないい加減なことを、何人もいる観客に向かって話されたら困る——と、憤慨しているんだ。寄席にいたら、高座に上がって行きそうな勢いだった」

上がって行ったら、ちょっと面白い。取り押さえられるところが見られる。

「落語家じゃないが別のある人は、川端康成の書いた『雪国』の有名な出だし——《国境の長いトンネルを抜けると雪国であった》は、《コッキョウ》ではなく《クニザカイ》と読む——といっていた」

「ほお」

「一時、そういうことをいい出した人がいたんだな。《クニザカイ》の方が古めかしくて、川端らしいと思ったわけだ。最初にそう考えるのは、受け売りとは違う。意味のあることだ。と

ころが、川端のところに行って、あれは《クニザカイ》でしょう――と問いただしても、はっきり答えてくれない。――読みは読む者の自由、という立場だ」

「なるほど」

「無論、《コッキョウ》で何の問題もない。その読みを新しいと思う語感は、現代的なものだからな。国家と国家の間にあるのが《コッキョウ》と考えたら、ことを誤る。音読みは、はるか古くからある。独仏コッキョウばかりじゃない、日本の中でも普通に、上越コッキョウといえるわけだ。――我々の世代は『雪国』の出だしなら《コッキョウの長いトンネル》と読んで来た。音読みの方が、冷え冷えとした感じがする。これしかないと思っていた。――だから、新説には違和感があったなあ」

「はあはあ」

「この問題は、身近にいた川端香男里《かおり》さんが、康成自身は《ごく自然に「コッキョウ」と読んでい》た――と明かしてくれたのですっきりしたね」

「自由に読んでいい――といわれても、落ち着きませんものね」

「そうなんだよ。――しかし、噂は一人歩きする。さっきの日本文学の先生なんかは、《クニザカイ》と読むんだ――という話にも、かりかりしていたな。あっちでかりかり、こっちでかりかり」

「心が休まりませんね」

先生は、にやりと笑い、

「ま、気にかけたらきりがない。――我々が子供の頃から、落語というのは、それこそ長屋のご隠居さんのように、あれやこれや世の中のことを教えてくれた。例えば児島高徳も、落語で知ったな」

「……コジマタカノリ？」

お笑い芸人かと思ってしまう。――コジマだよ、といいたくなる。

「『太平記』に出て来る有名な話だ。高徳は、隠岐に流される後醍醐天皇を救出しようとして果たせず、宿所の桜の木の皮を削った。そこに《天、勾践《こうせん》を空しうするなかれ、云々》と墨痕《ぼっこん》鮮やかに書き残したんだ。要するにまあ、伝言板にしたんだな。忠義の思いを文字にした」

「えーと、《てん、こーせん……》ですか？」

呪文のようだ。先生は、パソコンの画面の中で首を振る。

「何だか、リアルにご隠居さんと八五郎をやっているようだな」

嘆息する先生。八五郎になった美希は、

「ちんぷんかんぷん、です」

「今の人には、そうだろうなあ。ま、我々は子供の頃から落語を聞き、そういう情報を耳から仕入れた。『太平記』を読まなくても、児島高徳を知っていた。――前の世代の常識をね」

「へえー」

「今の大学生は、川端康成さえ知らないという」

「……うーん」

「テレビのクイズ番組を見てたら、《吉永小百合や山口百恵の主演でも映画化された、川端康成の作品は？》というのが出て来た。冗談だろうと思ったよ。そんなの、子供でも知ってる。クイズ問題には、ならないだろう――と」

「そうしたら？」

「分からないんだなあ、『伊豆の踊子』が。大の大人の口から出て来ないんだ。ふざけてるのかと思ったよ」

「時は流れますねえ」

「となれば、実は落語の枕で、夏目漱石――という名前を伝えてくれるだけでありがたい。――長屋のご隠居さんの話なんて、そんなものだろう。フィクションや思い込みが入るのは当たり前。ま、多少はゆるくて、いいのかも知れない。授業じゃないんだからな」

6

「この前、『加賀の千代』のことを話したろう」

そういう落語があるのだ。

「江戸時代の、女流俳人ですよね」

「そうだ。我々にとっては、子供の頃から耳にしていた、懐かしい噺《はなし》だ。落語には千代女作といって、俳句がいろいろと出て来る。しかしそれが、厳密にいうと、別人のものだったりする」

「学校のテストでは、×になるわけですね」

「そういうことだ。しかしながら、『物語・加賀の千代』としては、その俳句がどうしても必要なんだ。博識をもって鳴る大先生が、《加賀千代女の名句「起きてみつ寝てみつ蚊帳の広さかな』》——なんて書いてたりする。——落語で刷り込まれたんだろうなあ」

「違うんですね」

「そうなんだ。しかしこの句は、一人寝の千代女像を作る大事な要素になっている。野暮をいって突っ込んだら、噺がなりたたなくなる。それじゃあ、さみしいよ。そんなことをしたら、落語の世界が痩せてしまう」

　先生は、ちょっと考え、

「加賀の千代のことは、講談にもちらりと出て来る。これはＣＤで聴いたんだが、五代目寶井《たからい》馬琴《ばきん》の『大塩平八郎——瓢簞屋《ひょうたんや》裁き』。江戸っ子二人が、飲み屋で酒を酌み交わしながら、俳句の話をしている」

「風流ですね」

「あんまり風流でもない。お千代さんのことは、毎度の話なんで重ねていうこともない。しかし、続けて出て来た芭蕉にはびっくりしたよ」

「俳聖ですか、松尾芭蕉」

「そうなんだ。芭蕉さんが、殿様に招かれた。そこで《白露をこぼさぬ萩のうねりかな》というのを作った」

「それは本当?」

「作った場所は違うが、問題なく芭蕉の句だ。自筆がいくつも残っている。だから、話題にしやすかったんだろうな」

「はあ」

「ここからの展開が凄い。聴いていて、引っ繰り返ったよ」

興味津々。どきどき。

「翌日、そのお屋敷に、芭蕉の弟子の宝井其角《きかく》がやって来た。弟子の中では、一番有名な男だ。殿様が、芭蕉の書いたものを見せたら、其角が筆をとった。何をするのかと思ったら、《白露》に筆で、棒を引いたというんだ」

「うわあ」

「びっくりするだろう。そして、《月かげ》と直した」

「添削しちゃったんだ、先生の句を」

「また翌日、今度は芭蕉がやって来た。見ると、——《月かげをこぼさぬ萩のうねりかな》。《かげ》とは光のこと、ここでは《月光》という意味だな」

「怒髪天じゃないんですか」

「いやいや。芭蕉は感嘆。——この方が大きい。其角は弟子ではあるが名人でございます。わたしは気がつきませんでした。——とおそれいってしまう」

「えー。そんなこと、あるんですか」

先生は、目を剝《む》いて、

「ありっこないよ。――素人が見ても、《月かげを》の方は、器用にひねり過ぎている。数段、落ちる。芭蕉の選んだ最終形は《を》ではなく《も》。《白露もこぼさぬ萩のうねりかな》となる。――当てにならない伝本の中に《月かげを》という注があるそうで、そこからひねり出して、面白おかしく作り出した話だな」

「寶井馬琴さん。同じ宝井だから、其角さんに肩入れしたんですかね」

先生は首を振り、

「そんなことはない。ずっと前からある話だろう」

「其角さんからしたら、傲慢無礼な弟子にされて迷惑ですね」

「天下の芭蕉が一本やられれば、偶像破壊になる。それを聞けば客が、愉快愉快と喜ぶ。だからこそ、この講談が受け継がれて来た。――面白い作り話の方が、平凡な事実より受けるからなあ」

「漱石が、《アイ・ラブ・ユー》を《月が綺麗ですね》と訳したというのは、確かに面白いですものね」

先生は頷き、

「何をどう訳した――という話じゃあ、『三四郎』の《可哀想だた惚れたつて事よ》が有名だな」

「――ほおお」

「漱石の『三四郎』ぐらい知ってるだろう」

「何となく」

「心細いな。名文句、《可哀想だた惚れたつて事よ》は、筑摩書房の『明治の文学　第21巻　夏目漱石』では、帯になっている」

「そうなんですか」

帯の言葉は、まず目に入る。編集者が、どうしたものかと苦心惨憺《くしんさんたん》するところだ。表紙と共に、本の顔ともいえる。

「そうなんだよ。ちなみに、『明治の文学』は、読書界の皆に一目置かれ、身近な人に親愛の念をこめてツボちゃんとも呼ばれていた、坪内祐三さんの編集だ」

そう聞くと、帯のありがたさも増す。

「なるほど」

「『三四郎』は、名台詞続出の本だ。宿屋で一つ布団に寝ながら手だしをしなかった三四郎に、女が別れ際にいう《あなたは余つ程度胸のない方ですね》」

「うわあ」

「汽車の中で、日露戦争に勝った日本はだんだん発展するでしょう、といわれた広田先生の答える《亡びるね》」

これは凄い。後からならいえるが、その時代にそれがいえるのは大変なことだ。

「ほかにも《日本より頭の中の方が広いでせう》などなどから、極め付けの《迷羊《ストレイシープ》、迷羊》

に至るまで、次から次へと出て来る。——そういう中に、《Pity's akin to love》をどう訳すか、というところがある」

「その答えが、帯の言葉ですね」

「そうだよ。思いの芯をつかんだ、こなれた訳だ。こんなところが、伝説を生む筋道のひとつにはなったかも知れない。——これに比べると、《アイ・ラブ・ユー》を《月が綺麗ですね》というのは、翻訳というより、遠いいい換えになってしまうなあ」

## 7

先生は、昔を回想する目になり、「置き換えた——というのじゃあ、大学時代、文学の授業で、二葉亭四迷の翻訳の話が出た。二葉亭は知ってるかい？」

美希は、文学史の知識を総動員し、

「えーと、日本近代文学の夜明けにいた方でしょう。——明治の頃の文章は、古めかしい文語文で書くのが当たり前だった。その頃に、実際に話している言葉で、文を綴った」

「言文一致だな。それを知ってりゃあ、まあ、いいだろう。——さすがは文系だ」

体育会系なんですけど、と逃げたくなる。先生は続けて、

「昔の人の語学の勉強は、我々とは比べものにならない。二葉亭の専門はロシア語。東京外国語学校で学んだ。この時の鍛えられ方が違う。ロシア人の先生が、文学書をひたすら読み続け

る。学生は、それに必死で耳を傾ける。ヒアリングが、何時間も続く。終わったところで、その文学書についての意見を、ロシア語で書いて提出する」

今の大学でやったら、どういうことになるだろう。ロシア語虎の穴だ。

「わたしだったら、――逃げ出すしかありませんね」

「明治の学生は覚悟が違う。数も違う。見込みのある者だけ通わせたんだろう。そうやって、ロシア語の出来る役人や実業家が育てられたわけだ。お国に必要とされたんだな。――『二葉亭四迷論』で知られる中村光夫は、二葉亭の同級生を訪ねてみた。ほとんどは、文学と関わりのない道に進んだおじいさんたちだ。そういう人たちが、スパルタ教育を受けた学生時代を、懐かしく、楽しく語ったという」

「きびしかっただけに、過ぎてみれば、いい思い出なんですね」

これはほとんど、運動部だ。

「昔覚えたドストエフスキーやトルストイの文章を、すらすら暗唱したそうだ」

教育の力、おそるべし。いや、昔の学生、おそるべし――か。

「で、そういう授業で鍛えられた二葉亭が、ロシア文学を訳したわけですね」

「ああ。勿論、ロシア語が出来るだけじゃあ無理な話だ。日本語を操る感覚が、抜群だったんだな。ツルゲーネフを、当時としては斬新極まりない日本語にした。まずは『あひゞき』。この二葉亭の文章が文学界に与えた影響は、まことに大きかった」

先生は、「――というようなことを大学の授業で習ったわけだ」といってから、

「――しかし、話題として印象的だったのは『あひゞき』より、『片恋』の方だ。その原題は『アーシャ』。クライマックス。愛の感情の高揚した少女アーシャの台詞を、二葉亭は《死んでも可《い》いわ……》にした――というんだな」

　一直線の思いが、ひた走っている。

「……それは凄いですね」

「《アイ・ラブ・ユー》という言葉、そのものじゃないが、それにあたる気持ちを、そう訳した。ぐっと来るじゃないか。これは、学生たちにも受けたな。――早速、神保町に行って『片恋』を買ったよ」

「あったんですか」

「昔は、ね。河出書房が出してた『現代日本小説大系』が平台に並んでた。宝の山のような名全集だった。もう今では手に入りにくい作品が、ずらりと並んでいる。その中に、鷗外の『即興詩人』と二葉亭のツルゲーネフ――歴史的名訳を一冊にした本があった。お徳用だ。こいつはいいや、と買ったな。《死んでも可いわ……》を見つけて、喜んだよ」

「なるほど」

「この台詞、昔は有名だったと思うよ。――あちらの映画で、古典悲劇を現代ものに移し替えたのが、日本公開された。ジュールス・ダッシン監督。メリナ・メルクーリとアンソニー・パーキンスが出ていた。どうなりようもない、出口なしの愛の物語だよ。原題は『フェードラ』。ヒロインの名前なんだ。しかし、邦題は違う。――『死んでもいい』。見事だろう。勿論、二葉亭の訳を踏まえているわけだ。――今じゃ、こんな題のつけ方はしない。何でも横文字のままだ。『フェードラ』になるんだろう。いやはや、何とも味気ない世の中になったな」

美希は、それなら――と思い、

「じゃあ、先生の学生時代、漱石の《月が綺麗ですね》は?」

「それは聞いたことも、読んだこともないな」

## 8

翌日と翌々日、美希のもとに本が届いた。編集部宛てである。

最初に来たのは、南伸坊さんの『歴史上の本人』。手塚からだ。版元は日本交通公社。どっしりと座っている表紙の人は、織田信長その人――になった伸坊さん。

目次にずらりと並んでいる人物名から、まず聖徳太子を探す。あったあった。

開いてみる。なるほど、問題の写真が目に飛び込んで来る。言葉では説明のしようもない。だが、あえていうなら、クマのスカートが頭巾のように伸坊さんの額を覆っている。両脇に伸びたぬいぐるみの腕と、頭の上の上半身を、シルエットにすれば、確かに古代の偉い人に見えなくもない。

写真の下には《想像だにしない事態が発生した》とある。

深読みする人が、本から思いがけないテーマをつかみ出すように、この形から聖徳太子を導き出せる人たちもいるのだ。

次の日に来たのが、村山先生からのツルゲーネフ三点セット。お話に出た『現代日本小説大系』と、ほかに二冊。新潮文庫の『片恋・ファウスト』と、講談社の『世界文学ライブラリー』の『初恋　アーシャ』。見比べられるよう、書庫から出してわざわざ送ってくださったのだ。

新潮文庫版の訳者は米川正夫。題名を、あえて原作通り『アーシャ』とせず『片恋』にしたのは、二葉亭の《当時としては驚嘆すべき名訳》があったからだという。敬意を払ったのだ。《二葉亭の訳業に心酔し、わけてもこの『片恋』はさながらライン・ワインの如き芳醇《ほうじゅん》な香りで、少年の私を陶酔させた》と語っている。

なるほど、二葉亭訳を読むと、昔なのに文語ではない。明治のものとは思えぬほどこなれている。会話も、《船頭が見附からんかも知れんから》といわれた相手が、《ですか》と受けるような軽やかさだ。

ヒロイン、アーシャは、金持ちの兄の妹のように見えて——それはそうなのだが——実は父が、母の小間使いとの間に作った子だった。だからこそ、ありきたりの育ちのお嬢様とは違う、個性的な魅力を持っていた。一緒に城跡に行っても、危険なところを、正気をなくしたように駆け上がったりする。傍若無人な冷笑を見せたりもする。学校でも、頭はいいが問題児だったという。

語り手の男はひかれつつも、そんなアーシャと結ばれることに、危うい舟に乗るような不安を感じている。娘の方から積極的に、語り手を誘う。

薄暗い部屋で二人になり、男は《アンナ・ニコラーエヴナ》と呼び、さらに《アーシャ》と囁《ささや》く。二葉亭は《お美代さん》といい《みいちゃん》というようなものだと注をつける。なかなか細かい。

男が手を握り、引き寄せ、抱こうとしたところで、アーシャの、

「死んでも可いわ……」

に、なるのである。

米川訳は《あなたのものよ……》、講談社の佐々木彰訳は《あなた……》。原語に忠実に訳せばこのあたりになるのだろう。村山先生は《アイ・ラブ・ユー》にあたる――といったが、確かに、自分を託せる相手を見つけた――という愛の言葉だ。

ここだけ見ると、二葉亭は大胆だと思う。《死んでも可いわ……》とは、心中《しんじゅう》の伝統のある日本らしく訳したのか――と思ってしまう。

しかし、村山先生はかなり前の方に付箋をつけておいてくれた。アーシャはそこで、こういうことをいっているのだ。

「あの変な事を伺ふやうですが、若《も》し私が死んだら、貴君《あなた》は愍然《かはいさう》だと思召《おぼしめ》して？」

「今日はまア如何《どう》したと云ふんです！」

「でも直《じき》に何だか死にさうな気がしますものを、時々かう何を見ても最《も》う是が見納《みおさめ》のやうな気がして耐《な》らないことが有りますの。ですが寧《いっ》そ死んで了《しま》つた方が優《よ》うござんすわ、かうし

て生きてゐるよりか……そんなに人の面《かほ》を御覧なすつては厭ですよ。」

二葉亭四迷は、近代日本文学の道を切り開いた文学者である。気のきいた言葉を、思いつきで選ぶわけなど、なかったのだ。

まさに抱かれようとしたアーシャの口から出た《死んでも可いわ……》は、この部分を受けてのものだった。自己の存在を見つめ、苦悩していた彼女が、今まさに、愛によって解放されようとしている。──それを示していたのだ。

愛を得た、自分の人生はついに満たされた──という思いがここにある。だからこそ、それを拒否された時、彼女の絶望は、限りなく深い。

小手先の芸ではなかった。言葉は、二葉亭にとって必然のものだった。

村山先生は、うっかり者の美希が、ただ、問題の箇所だけを見てすまさないよう、付箋を貼ってくれたのだ。

翻訳という仕事は、単に言葉を移し替えるものではない。訳すのは、言葉というより作品なのだ。そのことを忘れるなと、いっているのだ。

9

美希が『三四郎』を読んだのは、高校生の頃だ。もうはっきりした記憶などない。確かなのは、題名ぐらい——といってもいい。《可哀想だた惚れたつて事よ》も、いわれてみれば、そんなところがあったか、という感じだ。

しかし、これもまた漱石の訳というより、登場人物がそう訳した——ということだろう。

「百合原さん。博学無類の百合原さん」

と、編集長に聞いてみる。

「何だね。鰻でも、おごらせようというのかな」

「いえ。単に向学心です」

と、その言葉について聞いてみる。作品中では誰が訳した——のか。

「おお。よくぞ聞いてくれました。訳したのは、佐々木与次郎だよ」

「佐々木……」

「そうだよ。巌流島で宮本武蔵と戦った人」

すぐそういうことをいう。面倒くさいなあ、と思いつつ、一応、《それは、小次郎でしょう》と受けてから、

「——佐々木与次郎って、どんな人でしたっけ?」

「まあね、ディズニーの昔のアニメでいえば、ミッキーというより、ドナルドに近いかな」

乱暴だが、面白い三枚目というのは伝わる。そういわれれば、そんな男の姿が、記憶の霧の中から浮かんで来た。

この場合は、いうまでもなく訳が、登場人物の描写なのだ。

筏丈一郎《いかだじょういちろう》が寄って来た。

「面白そうですね」

大柄な、元スポーツマン。編集者ソフトボールチームの貴重な戦力だが、このところ対戦がないので、体を動かす機会がない。また横に大きくなったような気がする。

美希が、ここまでの流れを話すと、さっとスマホを取り出し、何か検索している。

「……これなんか、役に立ちませんか」

画面を見せてくれた。出ていたのは、

「月が綺麗ですね・死んでもいいわ」検証

「こんなのあるんだ。二十一世紀だなあ」

と、びっくりする美希。スクロールすると、次から次へと、この件に関する文章が流れ出す。これだけ集める労力は、大変なものだろう。どういう方がなさっているのか。頭が下がる。

それによると、この伝説を、活字の形で最初に語ったのは、豊田有恒《とよたありつね》。雑誌『奇想天外』に書いた文章「あなたもSF作家になれるわけではない」中で、漱石が英語の授業で、日本人なら《I love you》は《月がとっても青いなあ》と訳すものだと語ったという。——一九七七年のことだ。

翌一九七八年。つかこうへいが、小田島雄志《おだしまゆうし》との対談で、聞いた話として、漱石が《I love

you》を《愛してます》と訳した学生を《ばかやろうとどなりつけて、「月がとっても青いから」って訳すのだ》といった——としている。

何となく歌の文句のようだが、それもそのはず、『月がとっても青いから』は、戦後、大流行した曲なのだ。昔の人の口から、すぐ出て来るのも無理はない。

この辺りが、噂の序章になるわけだ。伝説が世に広がり始めたのは、七〇年代の末からだと分かる。

その後、この件について語る人が、漱石が馬鹿野郎と怒鳴った、と書いていたりする。

——漱石らしくないなあ。

と、首をかしげたくなる。らしくないのも道理、漱石ではない。《ばかやろう》は、つかこうへいの口調なのだ。資料を並べてもらうと、謎はあっさり解けてしまう。

《アイ・ラブ・ユー》の日本語訳はしばらくの間、歌謡曲の文句《月がとっても青いから》として伝わって行く。明治の漱石と時代が違う——と気になったのか、あるいは、その流行歌自体の記憶が遠いものになったためか、次第に《月》は《青い》から《綺麗》に移行して行く。

吉原幸子《よしはらさちこ》が雑誌『言語生活』に書いた「うまい恋文といい恋文」の中で、《どこかで見かけたエピソード》として語っているのが、《夏目漱石》《I Love You》《月がきれいですね》の三要素が揃った最初だという。これが、一九八七年。

学生時代の村山先生が、聞いたことがないのも当然だった。

漱石が没してから六十年以上経ってから、この話が生まれ、拡散が始まり出したのだ。漱石先生もびっくりだ。

## 10

しかし、漱石自身に関わる、確かな資料もひとつ紹介されていた。

岩波書店から出た、村岡勇《いさむ》編の『漱石資料——文学論ノート』である。漱石がノートに残した断片について調べた労作らしい。

ロンドンに留学していた漱石が、メレディスの『Vittoria』という小説中の《I love you》について、《日本ニナキformula ナリ》と記しているという。漱石先生が、英語の表現《アイ・ラブ・ユー》について書いているとしたら、見逃せない情報だ。

ありがたい。美希が調べても、こんなところにまでは、とてもたどりつけない。

待てしばしのない方だから、すぐに会社の資料室に走る。

天下の文宝出版である。文芸の基礎資料なら、揃っている。中でも、岩波の『漱石全集』は基本中の基本だ。棚にあったのは、全二十八巻・別巻一のバージョン。『ノート』は第二十一巻に収められている。

繰り返し出版され、練り上げられて来た『漱石全集』だ。索引はしっかりしている。『Vittoria』で引くと、五カ所ばかり出ている。その二番目であっさり、小説の会話文に続く漱石の論評が見つかった。

此I love you ハ日本ニナキ formula ナリ.

巻末の、漱石全集編集部による「後記」を見ると、この巻に収められたのは従来の《『漱石全集』に収録されなかった「紙片」資料》。それをまず翻刻したのが、《村岡勇編『漱石資料――文学論ノート』》で、刊行は一九七六年。

熱心な漱石読者なら、当然、新資料に飛びついたろう。

留学生漱石の、《I love you》という言い方は日本にない――というくだりを読んで、

――それなら、どう訳したらいいんだ。

と、考えてもおかしくはない。《私はあなたを愛します》が、日本にない言い方なら、どうしたらいいか。

そこで漱石マニアたちが、半ばふざけながら、流行歌の文句を引き合いに出し、

――ま。《月がとっても青いから》しばらく一緒に歩こう――とでもいうしかないか。

といい合う。あはは。

翌年、一九七七年。伝言ゲームでどこかから流れて来たこれを、豊田有恒が書いた。

面白いから、さらに広まる。つかこうへいがしゃべり、ますます広がる。

やがて、吉原幸子の頃から《月がきれいですね》というパターンになって行く。

推理とも推論ともいえない。妄想の類いだ。しかし、資料の並びを見ると、美希の頭に、そ

ういう流れが見えて来た。

編集部に戻り、スマホで、《「月が綺麗ですね・死んでもいいわ」検証》の続きを見てみる。手塚がいっていた、刑事ドラマも出て来た。『相棒』だった。映画版『家に帰ると妻が必ず死んだふりをしています。』も。

さらに、流れては消えて行くラジオの音までチェックされていた。二〇一八年のNHKラジオ第二『カルチャーラジオ　文学の世界』だ。ピーター・J・マクミランさんが、英国留学中の漱石が、《I love you》を日本語にするのに思い悩み、《月が綺麗だ》とした——と語っていたそうだ。

ひょっとして日本人には分からない、あちらの資料があったのだろうか。考え出すと、気になって仕方がない。

マクミランさんといえば、美希も『英語で読む百人一首』を読んでいる。先生が製作した英語版『百人一首』は、知ると同時にほしくてたまらなくなり、神保町の奥野かるた店に出掛けて、買って来た。撫でさすりたくなるような、美しい札たちだった。

そういうわけで、一方的にだが、親しみを感じている。

何かとお忙しいマクミランさんに、こんな伝説についての問い合わせをするなど、考えただけでおそれ多い。だが、在籍するのは文芸に強い会社だ。百合原編集長に相談すると、——文宝出版編集部員田川美希としてなら、聞いて聞けないことはないだろう。

という意見だった。勇気を出して、うかがってみることにした。

## 11

村山先生に、早速、ここまでの流れを話した。画面を通してのやり取りである。

「なーるほど。そりゃ、すんなり説明はつくな」

「《月がとっても青いから》って、よく知られた文句だったんですか」

「そりゃそうだ。子供の頃、秋になると大掃除をした」

「暮れじゃないんですか」

「うちは秋だった。お天気のいい日曜日、庭にござを敷いて、うちの中の箪笥《たんす》なんかをそこに出して並べた。そうしておいて、畳をはずして、ぽんぽん叩く。ほこりが出たなあ」

「はあ」

「こっちは、箪笥の上にのぼって、文字通りの高みの見物だった。そういう時、ラジオから歌謡曲が流れて来た。『月がとっても青いから』とか『からたち日記』とか『有楽町で逢いましょう』とか」

懐かしのメロディだ。先生は、うっとりした表情で、《からたち、からたち……》。付き合ってはいられない。

「要するに、あんな時こんな時、耳に入って来るポピュラーな文句だった」

「そうだな。だから、《月が》となって《青い》になるのは、ある時期の人間には、《雪》といって《白い》になるくらい自然だな」

「時代ですねえ」

「うん。しかし、《アイ・ラブ・ユー》からどうして《月》になるのかな。……その辺りが腑《ふ》に落ちない」

「そりゃあ、『月がとっても青いから』が愛の歌だからでしょう」

「しかし、愛の歌なら山ほどある。よりによって、どうしてそこに行くのかなあ」

村山先生は、首をひねり、

「いずれにしても、昔はなかった話――というのは確かなようだなあ。こっちも、気になったんでいくつか当たってみたよ。近代文学の書誌についてなら、川島幸希《こうき》先生という方がいらっしゃる。研究者であり、何より情熱的な資料の収集家だ。驚異的な数の蔵書をお持ちなんだ。その先生が、読みやすくて面白い文学者のエピソード集を出している」

『140字の文豪たち』という本を画面に出してくれる。秀明大学出版会刊行だ。

「――ここに、《月が綺麗ですね》については、《しばしば》問い合わせを受ける――と書いてある。それだけ広まっているんだな。漱石の授業を受けた学生たちの文章や証言は、昔から沢山ある。しかし、この件に関するものは見当たらない。都市伝説だろう――とした上で先生は、《どこから出てきた話なのか。これについても調査されているようですが、漱石とは直接関係がないので、私はあまり関心がありません》といっている」

やはり、根のある話ではないようだ。

マクミランさんからは、お忙しい中、まことに丁重なご返事をいただけた。何年も前のラジオでのひとことについて、真剣に対応していただき、恐縮するしかない美希だった。留学中のこととして話していたとしたら間違いであったと、述べられていた。

さらに、友人であるダミアン・フラナガンさんが、流行歌『月がとっても青いから』の影響を受けた都市伝説である可能性にもきちんと触れながら、このエピソードに共感を覚える人はいませんか――と語っていると教えてくださった。

## 12

七月になった。

披露宴の着物が、もう何週間か美希のところに置いてあった。管理上、いいとはいえない。それは手慣れた母に頼むのが、美希にとっても着物にとっても幸せだ。

仕事が一段落した土曜、雨空が曇りになったのを幸いに、着物と帯を風呂敷に包み、中野の実家に向かった。

父が、本年の家庭菜園の収穫見本を、ザルの上に並べて見せてくれた。

「立派だねえ」

瑞々しいキュウリと艶やかなナス、それにインゲンもあった。

「だろう、だろう」

と喜ぶ父。

夕食前、畳座のテーブルに向かい合うと、美希はおみやげ代わりに、《月が綺麗ですね》の話題を出した。

「ああ。その件か」

「聞いたことある？」

「高校の先生だからな、夏目漱石なら、必ず取り上げる。その時、同僚とあれこれ話す」

「そこで——出て来た？」

「ああ。随分、前になるなあ……。若い先生がいい出したんだ。おかしいなあと思って首をかしげたら、《有名な話ですよ》という。《何に出てました》と聞き返すと、はかばかしい答えがない」

「ほう」

「《『草枕』は読んでますか》と聞くと、《恥ずかしながら……》」

頭をかいている、後輩の先生が見えるようだ。

「嫌みな先輩だね」

「いや。いじめるつもりはないんだが、どうしてもそうなる。有名なくだりがあるだろう。——初めの方だ」

父は立ち上がる。しばらくすると、漱石本や雑誌を、何冊か持って来る。中の一冊が『草枕』。それを、ぱらぱらとめくり、

「――ここだ、ここだ。西洋の詩の根本はどうしても《人事》になる。《どこ迄も同情だとか、愛だとか、正義だとか、自由だとか》が問題になる。しかし、《うれしい事に東洋の詩歌はそこを解脱《げだつ》したのがある。採菊東籬下《きくをとるとうりのもと》、悠然見南山《ゆうぜんとしてなんざんをみる》》」

「はあ」

「東の垣根で菊を摘み、心ゆったりとして南の山を見る。《只それぎりの裏《うち》に暑苦しい世の中を丸で忘れた光景が出てくる。垣の向ふに隣りの娘が覗いてる訳でもなければ、南山に親友が奉職して居る次第でもない》。ここに東洋的な詩の心がある」

「ええと……つまり、花は花だ、と」

「そういうことだな。自然は自然。恋愛とは関係ない。――だから、《月が綺麗ですね》の話を聞いた時、まず、おかしいと思ったわけだ」

「なるほど」

父は、別の分厚い本を取り上げる。復刻本の『文学論』だ。

「西洋人との自然観の違いは、こっちでも語られてる。これは、面白いぞ。イギリスで、雪見に人を誘ったら笑われたというんだな。――芭蕉に《いざさらば雪見にころぶ所まで》という句がある。風流の代表が雪月花だ。漱石先生はイギリス人に、その《雪》を、あっさり否定されてしまった」

「うーん」

「勿論、日本人全てが風流というわけではない。芭蕉先生は、川柳で《雪見には馬鹿と気の付くところまで》と皮肉られている」

「痛いねえ」

「痛いし、うまいな。現実的なものの見方からのからかいだ。そちらから見る文学も、当然、ある。しかし一方に、伝統的感性というものがある。――『草枕』的にいうなら、雪を見に行くと、金がもうかるわけではない。先に彼女が待っているわけでもない。それでも行くんだな、江戸の風流人は」

「うん」

「漱石先生、さらに《月》はあわれ深いものだといったら、びっくりされた。庭石を置かないのかといったら、石なんかあったら捨てるという。風情のある松をいくらかと聞いたら、五ポンド。この枝ぶりでそれは安いと思ったら、材木としての値段だった。いい苔をほめたら、汚いから剝ぎ取って捨てるつもりだという」

「これでもか――ね」

「東は東、西は西だ。漱石は、続けて日本人にとっての《文学の八分》は《天地風月》だといっている。――英文学を勉強しようという日本人漱石にとっては、笑い事じゃあない。大問題だ。悩みに悩む。――こういう漱石が、《アイ・ラブ・ユー》という《人事》中の人事を置き換えるのに、《月》を持ち出したという話には、違和感があったなあ」

美希は少しは抵抗しようと、自分に印象深い作の名をあげる。

「『夢十夜』があるじゃない。あの最初、第一夜。死んで行く女が、《百年待っていて下さい》

ということじゃない。待って、待って、待つうちに、女を埋めた所から青い茎が伸びる。百合の花が咲く。露のしたたる花びらに口づけした時、暁の空の星のまたたきが見える」

「――《百年はもう来ていたんだな》と思う」

「そうよ。あれなんか、《花》は《花》じゃないでしょう。現実の百合じゃないわよ」

「まあ。そういう花もある。漱石の白百合は、確かに特別だ」

「でしょう？」

## 13

「《吾恋は闇夜に似たる月夜かな》なんて句もあるからな。漱石先生が、感情を《月》で表すことが、絶対ないとはいえない」

「ほら」

「しかしまあ、お父さんの感じからすると、奥さんを置いて、東京から熊本に戻る時の《月に行く漱石妻を忘れたり》なんて方が、いかにも漱石先生らしい気がするなあ」

美希は、ひとまず頷いてから、

「漱石のノートに《I love you》という言い方は日本にはない――と書いてあるのは、知ってた？」

「いや。古い全集には入ってないんだろう。さすがに、それは知らなかったな。――それが表に出た一九七六年が、《アイ・ラブ・ユー》翻訳問題のスタート地点、というのは、当否は別として面白いな」

そういってもらうと、嬉しい。

「で、誰かが《月がとっても青いから》という解を出した。……でもねえ、流行歌の文句にジャンプするきっかけが分からないのよ。《漱石》と《アイ・ラブ・ユー》と《月》が結び付くような何かがあったのか」

これは、それを考えた誰かさんでなければ分からない──はずだ。

ところが、父はいった。

「ミコのように、妄想に近い意見でよければ、出せなくもないぞ」

「えっ？」

父は、ザルの上のナスの、深い紺の輝きを指し、

──それにしても、美しい。

などといって、気を持たせる。

「何よ、何よ」

「ある本の存在に気づけば、《漱石》と《愛の思い》から《月》に繋がらなくはない──ということだ」

「本当。そんなこと出来る？」

「ナスばなる」

悪い洒落だ。父は、胸を張り、続ける。

「――漱石といえば、岩波書店と縁が深い。一九八七年のことだ。岩波文庫創刊六十年記念として、その中から三冊を選んでもらうアンケートが行われた。つい、この間のことだ」

いきなり、話がとぶ。

「この間――でもないわよ」

「三百通を超える回答が得られた。さて、この『私の三冊』アンケートで、最も多くの人が書名をあげた本は何だと思う」

「――ほ?」

考えてみる。

「……『カラマーゾフの兄弟』かな」

父は手にした雑誌を広げ、

「それは十二人だ。選挙じゃないから票数計算をしなくてもいい。しかし、当時の読書傾向は分かる。ロマン・ローランの『ジャン・クリストフ』が、『カラマーゾフ』より一人多い十三人だ」

見ているのは、岩波の雑誌『図書』臨時増刊号。アンケート結果をまとめたものだ。

「うーん。じゃあ、『戦争と平和』」

ドストエフスキーが違うなら、トルストイで攻めてみた。

「これは八人だな」

目先をかえてみる。

「じゃあ、『万葉集』だ！」

「こちらは十一人」

そこで、漱石先生の名が浮かび、

「……『こころ』は、どう」

「三人だな。——実は、最も多くの人があげたのが、日本の作品。何と、十七人が推している」

「えーっ。じゃあ、太宰。『人間失格』」

「この時にはまだ、岩波文庫に入っていない」

見当がつかない。

「——ギブアップだよ」

「そうだろうな。ミコに一日、答えてもらっても、この題名は出て来ないだろう。世代間ギャップだ。答えは、——中勘助《なかかんすけ》の『銀の匙』だ」

「……………」

聞いたことならある。父は、顎を撫でつつ、

「かなり前だが、若い先生が『銀の匙』について、話していた。珍しいなと思って聞いていたら中勘助のではなかった。コミックの『銀の匙』だった」

「ああ。——あったねえ、そういうの」

確か、農業高校を舞台にしていた。評判になった作品だ。

「そちらはともかく、中勘助のを読んでる人は、今、少ないようだな。しかし、一九八〇年代には、このアンケートにある通り、まだまだ多くの支持を得ていた。いろいろな人のコメントがある。評論家の瀬戸川猛資《せとがわたけし》はこうだ」

父は『図書』臨時増刊号のページを開いて、見せてくれる。

中学一年生の時、国語の授業で〝教科書〟として無理やり読まされました。そういう本に対しては不快な記憶が残るものですが、この本はちがいます。信じがたいほどの面白さでした。

雑誌を受け取って見て行く。戸板康二《やすじ》は、

学生のころ読んで、こういう文学というものがあるのかと感動した小説である。心が清らかになるような読後感であった。

そして、野田秀樹。

子供の頃の夕暮の謎がとけるうえに、宝物や地図や英雄の謎までとけた気がする、ひと粒で四度も五度もおいしい小説だった。自我などをシャラクサク考えていた年頃に読んだので、結局、孤独になった。

# 14

父は、一冊の本を前に置いた。

白地に小さく題名や著者名、出版社名だけを刷った表紙。愛想がない――といいたくなるほどさっぱりしている。『銀の匙』の復刻本だ。

「開くとまず、書斎の引き出しにしまってある小箱から始まる。その中に銀の小匙が入っている。そこから、幼い日々の回想になって行く。――で、この物語を、晩年の漱石が愛したんだな」

なるほど――と思う美希だった。

「そこで、漱石に繋がるのね」

「ああ。――この本の巻末には『夏目先生と私』という文章が付いている。教え子が漱石を語った文は数多い。だが、中でも知られたもののひとつだな。『漱石全集』の別巻にも『漱石先生と私』という題で入っている。――中勘助は、一高で漱石に教わっている」

美希は、ふと思い出して、

「漱石先生の口調はどんなだったの？」

「丁寧だな。試験の時、見回りしながら学生の答案を見て《こんな字はありませんよ。お直しなさい》」

馬鹿野郎——などとは、いいそうもない。

「——お父さんが好きなエピソードは、今でいう学園祭の時のものだ。誰が描いたのか、偉そうな髭をはやした猫の絵が貼ってあった。中が見ていたら、たまたま漱石が来かかった。ちょっと行ってから振り返ってみた。すると、先生は、そのびらを眺めて面白そうに笑っていた——というんだな。何でもない一瞬だよ。その時そこに中勘助がいなければ、誰も知らない。残らない一瞬だ。——時の流れの中の、あるひとこまが切り取られて、ここに残っている。そのことが味わい深い」

分かるような気がする。

「——漱石が、修善寺で倒れて持ち直した後、中は『銀の匙』の原稿を送った。要するに、中勘助は、間に合ったわけだ。気に入った漱石は、それを朝日新聞に載せるよう、推薦してくれた。品格のある文章と、純粋な書き振りを評価している。誰かが、センチメンタルだというと、あれはそういうものじゃあないといった。否定する者たちがいると、一人で弁護してくれた。《綺麗だといつた。細い描写といふことをいつた。また独創があるといふことをいつた》そうだ。——漱石の講演の中で、最も有名なのが学習院で話した『私の個人主義』だ。教科書にも載っていたりする。そこに引かれている兄弟のエピソードは『銀の匙』から出ているんだ」

「へええ」

「話して十円もらったよ——と、先生がいうので、じゃ、それをくださいー——と中がいったら」

「うん」

「《一寸例にひいたばかりだよ。十円はやらないよ。五十銭位ならやる》」

## 15

「その『銀の匙』だが、繊細で人間と付き合うことが大の苦手の少年が、だんだんと成長して行く。最後のところでは、十七歳になっている。夏を一人で、親しかった友達の別荘で過ごす。美しい、寂しい半島にある草ぶきの家だった。世話は七十いくつの、ばあやさんがしてくれる。山道を抜けて、峰から海を見下ろしたりの、思いのままの日々を送る。ところがそこに、友達の家の、京都に行っている姉様が、東京に出る途中、二三日、泊まりに来た」

「おお」

「ばあやさんのいうことには、《それは〳〵うつくしいお方だぞなも》」

「どきどきだね」

「西洋菓子など持って挨拶に来るが、《私》は、《は》ぐらいしかいえない。できるだけ、顔を合わせないようにしている。だが、同じ家にいるんだ。そうもいかない」

父は、以下の部分を美希に見せた。

ある晩、夜がふけてから私は後の山の松の上にいびつな月の昇るのを眺めて花壇のなかに立つてゐた。幾千の虫たちは小さな鈴をふり、潮風は畑を越え籬を越えて海の香と浪の音とを運び、白や赤のほのかに見える草花は匂ひばかりは昼よりも濃かに頭をふる。離れの円窓にはまだ火影がさしていつものとほりしづまりかへつてゐる。その前の蓮甕《はすがめ》には過ぎさつた夕立の涼しさを銀の玉にしてうけてる幾枚の葉と、ほの白く蕾んだ花とが見える。月はともしい星のかすかに光る海の底らしい天を海月のごとく漂つてゆく。私はあらゆる思ひのなかで最も深い名のない思ひに充ちて一夜々々に不具になる月を我を忘れてまもつてゐた。暫くしてふと後を見たらいつのまにどうしてか同じ花壇のうちにまぢかく姉様が立つてゐた。月も星も花も何もかもなくなつてしまつた。絵のごとく影を映した池水にさつと水鳥のつき入る時凡《すべ》ての影は一時に消えてさりげなく浮んだ水鳥の白い姿ばかりになるやうに。私はあたふたとして

「月が……」

## 16

自然の描写が続いていたが、その《月も星も花も何もかもなくなつてしまつた》という。

「……びっくり」

「《月が……》しかいえなかった《私》に、《姉様》は、行きかけた足をとめて戻り《……ほんとうによろしうございますこと》と受けてくれた」

「うーん」

「《月が綺麗ですね》の話を聞いて、お父さんが真っ先に思い浮かべたのは、これだ。漱石その人の文章じゃない。――しかし、漱石が愛した『銀の匙』の終わりに、こういう一節がある」

「はああ……」

としかいえない美希だ。

「漱石自身がこれを読んだのは、もう学生に教えたりはしていない晩年のことだ。――しかし戦後、《アイ・ラブ・ユー》の翻訳が問題になった頃、『銀の匙』は広く読まれていた。本好きが知っているのは当たり前だ。――そしてそれは、ほかならぬ漱石の愛した作品だった。となれば誰かが、日本人なら口に出せない《アイ・ラブ・ユー》のことを思った時、まさに途中まででしか口に出せなかった『銀の匙』の《月が……》を思っても、不思議はないだろう」

「……確かに」

そう考えれば、《アイ・ラブ・ユー》と《漱石》が、《月》に繋がるのも分かる。

「無論、これが正解です――なんてことはいえない。これもまた妄想のひとつでしかない」それはそうだが、中野の家に来なければ聞けない答えではあった。

美希はあらためて、『図書』を手に取る。表紙は安野《あんの》光雅《みつまさ》。柔らかなタッチで、積まれ、またページを開かれた岩波文庫の絵が描かれている。

ぱらぱらと見ていくと、映画監督、山田洋次の回答もあった。三冊のひとつに、アナトール・フランスの『少年少女』があげられていた。訳は三好達治。

一幅の画を見るような短篇集。こんな映画を作りたいと願い続けてきたし、今もそう考えています。

山田洋次はそう書いていた。

美希はページから目を上げ、

「本は何でも、捨てないで持っているんだねえ」

台所から、母が、

「だから困るのよ。何とかいってやってよ」

夜は、取れたて野菜が食卓に並んだ。キュウリの薄切りはサラダに使われ、ナスは蒸され、インゲンはさつま揚げと一緒に煮物になった。

季節の味を、おいしくいただいた。

17

NHKで、満島ひかりの江戸川乱歩シリーズをやっている。地上波でやったのを録画して、たまたま観たら、不良の学生服の背中にでかでかと《月が、月が綺麗ですね》。

前後関係はないわけだが、この文句がどんどん一人歩きしていると分かる。

その後、ある賞の選考会の時、漱石専門家の先生が、この件でお怒りになっていた。テレビの人気番組で、広く知られた方が漱石と月のことを事実として堂々と話していた――という。漱石像がゆがんでしまう、調べもしないで拡散するのは許せない――と憤激していた。

編集者としては思う。

若い作家さんが、物知りの先輩に《漱石と月のエピソード》を語らせ、ヒロインが感心して胸キュンするような場面を書いて来たらどうだろう。根拠なしと分かった途端に、先輩のキャラクターが崩壊してしまう。

――それは困るなあ。

一方、『銀の匙』だ。

――自分が読んでいないのだから、若い人は無理だろう。

そう思って、文庫の大村亜由美《おおむらあゆみ》に聞いてみた。

「ねえ。『銀の匙』って知ってる？」

ひそかに、コミックの方を答えるだろうと期待したのだが、目をくりくりさせ、

「中勘助でしょう」

「むむ……」

うなる美希。

「読んでますよ」

さすがは文宝出版期待の若手社員だ。

「……仏文科なのに、やるねえ」

「大学の授業とは関係ありません。中学の文学史の授業で出て来ました。教養本みたいなイメージで先生に、読んでみろ――といわれました」

「レベルの高い中学校だな」

「そんなことないですよ。先生の趣味だと思います。文庫本買って読みました。――真面目だから」

「どうだった？」

「記憶は、綺麗にありません。面白くなかったんだと思います」

二十代半ばの亜由美には、中学時代もはるかな、遠い昔なのだ。そして、

「会社に入ってから『銀の匙』のことを読んだのは、小谷野敦《こやのあつし》さんの小説で――です」

意外そうな顔をしたら、しばらくして雑誌を持って来てくれた。しばらく前の『文學界』だ。

小谷野敦の「実家が怖い」中に、こういうところがあった。


私は小学生のころ、「作文」が嫌いだった。作文というのは、だいたい生活綴り方だから、実際にあったことを書くのである。だが私の日常はおおむねつまらなく、かつまた地味に嫌なことが多かった。中勘助の『銀の匙』の宣伝文の「子供時代の思い出は宝石箱を開いたよう」などという文言を見ると、それは金持ちの家に生まれて夏は軽井沢の別荘に行って従妹に美少女がいるとかそういう階級の話ではないかと思った。

亜由美がそこで突然、「お雛さまの道具、本に挟んであったあれこれ……」などと、いい出したので、思い出の箱の中味かと思ったら、

「賀茂祭の時の、葵の葉の残っていたの……」

賀茂祭は、いわゆる葵祭だろう。

「何、それ？」

「『枕草子』です。その中の《過ぎにし方恋しきもの》」

こちらは高校時代に使った参考書にあったという。その参考書もまた、亜由美にとっては《過ぎにし方恋しきもの》なのだ。

「よく覚えてるね」

「忘れ難いです。で、葵。葵さん――というのが、小谷野さんの奥さんですよね」

「え。そうなの」

「そうですよ。作家の坂本葵さん。谷崎潤一郎に関する著作でも知られています。小谷野さんは小説の『蛍日和』の中では、蛍さんと書いて『源氏物語』からとった名といってます。《蛍》と《葵》。どちらも『源氏』にありますからね」

「うーん。いずれにしても、ゆかしいなあ」

亜由美は乙女の顔になり、

「小谷野さんの書かれたもの読むと羨ましい。いいなあ。坂本さんみたいな方と暮らしたい

――と思っちゃいますよ」

「じゃあ、小谷野さんがライバルだね」

亜由美は驚き、

「あ。――そうなりますか！」

その後、小谷野さんと仕事でやり取りをしたから『銀の匙』や《月が綺麗ですね》の話を出した。

すると、思いがけない答えがあった。

「一九七〇年代からでしょう。うちの妻によると、あれの最初は……」

18

仰天。

身びいきで父を名探偵だと思っていたら、思いがけない方向から、もう一人、名探偵が登場した。坂本葵さんだ。

すぐに、そちらに詳しい筏丈一郎に話すと、ＤＶＤを持っているという。

おかげで、翌日の夜には、それを自分の部屋で再生し、観ることが出来た。

日本一有名な風来坊の出て来る映画である。問題の場面は最後の方だが、美希は律義だから早送りなどしない。夜中のビールを飲み、チーズなどかじりながら、じっくり観た。

やがて、問題の場面になる。

美女が窮地に陥っている。風来坊は、自分でできることなら、腕一本、片足なくなってもいいから、何とかしたい。どうぞいってください——と口にする。美女は、あたし一人の力で何とかします、という。

生きにくい世の中だ。風来坊は、水戸黄門のように悪人を倒したりできないのだ。

美女は、助けはいらない、しかし、そんな風にいわれたこと、生まれて初めて、と涙ぐむ。

そこで風来坊は、空を示す。


いい月夜でございますねえ。


カットがかわる。煌々《こうこう》たる月。

美女が気づいた時には、相手の姿はない。風来坊は車寅次郎。映画は『男はつらいよ　寅次郎恋歌』だ。

一九七一年十二月二十九日からの公開、翌年のお正月映画だ。山田洋次が『銀の匙』を意識していたかどうかは分からない。

しかし、《アイ・ラブ・ユー》といえなかった寅さんの口から出たこの台詞を、多くの人が聞いたことは事実だ。

見終わり、美希はＤＶＤをしまう。静かだ。十二時を過ぎていた。

机の上の、毎日俳句カレンダーをめくると、

公園に旅人ひとり涼みけり

正岡子規。漱石の親しい友である。明治二十六年の作と書いてあった。
——寅さんみたいだな。
と、思った。
もうじき、梅雨明けだ。

〈参考文献〉
Web サイト　にぐるたの物置（https://niguruta.web.fc2.com）「月が綺麗ですね・死んでもいいわ」検証

# 清張と手おくれ

この作品は、松本清張作『点と線』の内容、トリックに触れていますので、未読の方はご注意ください。

1

春はどこに来るか、若手社員の服装に。

文宝出版、文庫部の元気娘、大村亜由美が、エレベーターの前で、部長の丸山《まるやま》に何かいわれている。

「いちゃもんですか？」

と、田川美希。

美希は『小説文宝』の編集部にいる。丸山は、前編集長。顔なじみなので、声はかけやすい。

「いちゃもんとはなんだ。――あいかわらず、失礼な奴だ」

丸山の眼鏡が光る。

「いえいえ、親しみの表現です。せめて、なれなれしい――といってくださいませ。かつての部下に、いまなお愛されている証しですよ」

「口がへらんなあ。――こっちは、いちゃもんどころか、今現在の部下をいたわっていたところだ」

「あらあら」

「大村の足が心配になってね」

見ると、亜由美は、だぼっとした膝丈のパーカーワンピ。ぺたんこ靴に素足だ。今日は、外出や来客がないのだろう。

「ほお……」

「社内のお父さんとしては、そんなに足が出てて寒くないのか――と、気になった」

「あたしのことは、そこまで心配してくれませんでしたね」

「――させない奴だ」

ほめ言葉だろうか。亜由美は、軽くガッツポーズして、

「若さですよ。えへん」

「うーん。そういわれると、年の差をひしひしと感じるなあ」

美希は、亜由美に、

「ランチ？」

「ええ。共に仕事の切りがよかったもので、うちのお父さんが連れてってくれるって」

「どこに？」

「――ホテルに」

「あぶないなあ」

丸山が眉を寄せ、

「こら。前のホテルだ」

名の通ったお店が入っている。夜は高いが、お昼なら、二千円ぐらいで、ローストポーク重、海鮮ばらちらしなど、お重に入った一品に、お椀がついて来る。

普段、よく食べるキッチンカーの弁当より、ちょっとだけ贅沢したい気分の時、足を向ける。

「おやまあ。それは結構ですね。——お相伴させてくださいませ、——お父さん」

娘が増えて、苦い顔をする丸山だ。

2

で、お重を食べながら、世代間格差の話になった。日常の当たり前——が、どんどん変わってしまう。

丸山が、

「許してちゃぶ台——などといっても通じなくなった」

亜由美が、

「知ってはいますけど、使ってはいませんからね。——ちゃぶ台」

「昔は、若手作家が、時代小説に、ちゃぶ台を出して無知といわれたものだ。ところが次第に、そのちゃぶ台も分からなくなってしまう」

「普通――のものは説明しませんからね。毎日、使ってる当たり前のあれやこれやが分からなくなる」

ポークを食べながら、美希が、

「電話の変化なんか、激しいですよね。もうじき、ガラケーが使えなくなるでしょ」

「そういえば、今年の初めだったかなあ……」と丸山が視線をさまよわせ「夜、たまたまテレビをつけたんだ。これといった当てもなしにチャンネルを切り替えてたら、突然タイムマシンに乗ったような、実に不思議な経験をしたよ」

「ほう」

「遠い昔、まだ、可愛らしかった高校生の頃――」

「誰がです？」

「俺だよ、俺。――わざわざ、勉強と称して、友達のうちまで行って観たドラマの一場面が、テレビに、ふうっと浮かんで来たんだ」

「断末魔に見る――ってやつですか」

と、亜由美。

「殺すんじゃないよ。――その頃、『高校教師』ってドラマが話題になってたんだ。第一回で、凄いところがあった――と仲間が盛り上がってた」

「男子ですねえ」

「当然のことながら、後学のため、観てみたいなあ――と思ったよ。探求心は人一倍ある方だからな」

「観ればいいでしょ」

と、美希はそっけない。

「それがさ、昔のうちだから、テレビは茶の間にあるだけなんだ。両親の目の前では、チャンネルを合わせにくい。仲のいい友達が、《俺んとこ、自分の部屋にテレビあるから、観に来ていいよ》といってくれた。同じ町内の奴なんだ」

「美しき友情ですね」

「武士は相身互《あいみたが》いだ。早めにめしを食って、いそいそと、――勉強しに行ったよ。野島伸司の脚本だった。その最後のところが見事だったんだ。鮮やかな記憶となって、残ってる」

「真面目に、よかったんですね」

「そうだよ。ヒロインの女子高生が、夜、好きになった先生に電話をかける。公衆電話に行くんだ。テレホンカードを使う。――ところが途中で、度数表示がゼロになり、ピーピー。――あっと思って、財布を開く。十円玉が一枚しかない。――この硬貨に伏線が効いてて、《汚れてるけど、わたしと同い年なの》といって、取っておいた一枚なんだ。――相手が《もう、切れるね》。そこで彼女は《――ううん、大丈夫》といって、その一枚を電話機に入れてしまうんだ」

自分を賭けている、と分かる。

「それは……見事ですねえ」

「ちなみに《同い年の十円玉》というのが、昭和五十年のなんだ。それが先生との年の差と、彼女の若さを、一瞬で見せる」

「なるほど、なるほど」

「昭和五十年生まれ。俺と同世代だ」

丸山は、過去の栄光に浸るチャンピオンのような顔になる。

「誰にも、若い時はありますよ」

それには構わず、

「――つまり、夜のテレビで、はるか昔のドラマの再放送をやっていた。俺がつけたら、何たる偶然、まさに記憶に残るその回をやっていた――というわけさ」

よみがえる青春だ。

「いろいろな感情、思いが、必然の小道具で表現される」

「ははあ」

「しかし、そういう絶妙の表現が、時の流れとともに分からなくなる。これは残念だ」

丸山は、今の高校生に伝わるだろうか、と首をかしげ、

「――テレカの度数。しまった、切れちゃう――というところもそうだが、何よりこの、自分のうちからかけられない電話を、公衆電話まで行ってかける――という感じがいいんだよな。大切な会話。夜の、そこだけ明るい公衆電話。うーん。このどきどきは、いくら説明しても、

実感として、伝わらないだろうなあ」

「せっかく公衆電話まで行ってダイヤルしたのに、相手の親父さんが出たりしてね」

丸山は、むむうっ――とうめき、

「……そういうこともある」

「あったんですね」

丸山は答えず、海鮮ばらちらしを口に運ぶ。誰もが個人のスマホを手に持つ時代。四六時中、彼と彼女が繋がり、うっかり返事が遅れると、

――既読スルーかよ！

と、怒られる世代には、遠い日の夢物語だろう。実感というのは、時とともに伝わらなくなる。

「大村さん、テレカなんて分かる？　公衆電話なんか使ったことあるのかしら」

亜由美は、胸を張り、

「分かるどころか、わたし、小学校低学年まで使ってましたよ」

びっくり。

「えっ。どうして？」

「小学一年から、一人で電車登校になったんです」

「おお！」

武勇伝だ。

「帰りに、途中の駅から、公衆電話で母に連絡するんです。だから、テレホンカードは必需品でした。――ロマンチックなどきどきはないですけど、このカードが切れたら、母に連絡できなくなる――という不安感、恐怖感は、よーく分かりますね」

「そうなんだあ」

実感あり。

聞いてみなければ分からないものである。

3

『小説文宝』で、松本清張特集をやることになった。いわずと知れた大作家である。

何といっても有名なのは『点と線』だから、その話をしていると、編集長の百合原ゆかりが、変わったことをいいだした。

「田川ちゃん。『点と線』の絵、見たことある？」

「ほ？」

そう聞くと、まるで抽象画――現代アートのようだ。質問に、質問を返す美希。

「連載の時の、挿絵ですか？」

「そうじゃなくて」

「……どういうことです？」

「聞けば、ああ——という方が、描いていらっしゃるのよ。『点と線』を、お題にした絵」

「どなたです？」

「和田誠さん」

惜しくも亡くなられたが、仕事の幅は驚くほど広い。映画監督までやり、その時、スタッフ一同の似顔を描いたら、

——この監督、絵でも食っていけるな。

と、いわれたそうだ。食ってます。

「百合原さん。担当してたこと、あるんですよね」

別の雑誌にいた時、表紙をお願いしていたのだ。

「ええ。仕事に関しては、きびしいところもおありになったと聞くけれど、……わたしがお目にかかった時は、本当にいつも、やさしくしていただくばかりだったわ」

いつもの陽気な口調とは打って変わった、しみじみとした声になった。

「和田先生とお仕事が出来たというのは、幸せですね」

編集者にとって、よい仕事をしてくれる方と巡り合うほど嬉しいことはない。

「お仕事場にイラストを頂きにあがると、大きな机で仕上げに取り掛かっていらっしゃることが多かった。三階のお部屋まで、とんとんと階段を昇りきって、《こんにちは》と、ご挨拶すると、机から顔を上げて、にこっとしてくださった」

## 4

「仕上げといっても、絵は完成していて、絵の具も乾いている。上にかけたトレーシングペーパーに、題字の色指定を書き込むだけ。たまには、それも終わっていて、別の絵を描いていらっしゃることもあったわ。——色というのは、CMYK。パソコンの印刷機でもおなじみの、シアン、マゼンタ、イエロー、それに、ブラックからなるの」

「はあ」

印刷所では、パソコンインキのBKをKと書くのだ。

「いつも驚いたのは、和田先生の頭の中に、どうすればどういう色になるというのが、完璧に入っていること。——トレペに、ささっと《C20　M20　Y70》なんて、掛け合わせの割合を書くの。そうして印刷されて出て来たものが、ちゃんと先生の、イメージ通りの色になっている」

並んだ数字は、合わせて百——ということではない。それぞれの色の、今の例なら《二割　二割　七割》を出す——ということだ。どれだけ混ぜれば、どうなるかは難しい。M十割、C十割にしても、赤と青で紫——とはならない。そんな簡単なものではない。

全ての色を十割にすれば真っ黒になるし、全色ゼロなら、紙の色の白になる。

小説誌の編集者には分かりにくい。美希は、以前、女性誌にいたことがあるので、理屈だけは分かる。しかし、無論、数字を見て色が鮮やかに浮かぶわけではない。それはデザイナーの領分だ。

「うーん。和田先生、プロですねえ」

いうまでもない。プロ中のプロだ。

「イラストをいただき、色校正の確認が終われば、十五分ぐらいで失礼するんだけど、お時間が許す時は、お話もしてくださったわ。いろいろと。——映画の『シン・ゴジラ』を《観て来ました》といったら、先生がゴジラのオフィシャルグッズを手掛けられた時のストックを出してくれた。そして、座布団をくださった。《これなら、会社で使えるかな》って」

「えっ？」

と、思わず、ゆかりの乱雑な席に目をやる美希。ゴジラ座布団……。

「——ありませんよ」

ゆかりは首を振り、

「大切に置いてあるわよ、うちに。——代々木のお洒落な街を、座布団を抱え、歩いて帰ったことを思い出すわ……」

頭の中でフィルムを回せば、ゆかりの歩行に合わせ、ゴジラのテーマが聞こえて来る。ゆかりはさらに、

「わたしが、マイケル・ジャクソンのファンだというと、《うちの奥さんと一緒だ！》と喜んでくださった。先生の描いた、マイケルのポストカードをいただいたわ」

「役得ですねえ」

「この世に、先生が描いてないものはない――と思うぐらいだった。何の話をしても、何かの絵を見せてくださったわ。……たまたま先生の本を読んでいた時には、何とも照れくさそうに《今、持ってるなら、サインしようか》」

「わあ」

「その本は、宝物よ」

座布団と並んで双璧だろう。いつものように、宝物ものだにゃん――などとはいわない。ゆかりは続けて、

「――奥様の平野レミさんにお会いした時、《和田さんはね、結婚してから一度も、わたしに悲しい思いをさせたことがないの》とおっしゃってた。素敵な言葉。――ずっと心に残ってるわ」

5

何でも描いている和田先生の、『点と線』の絵とは何だろう。

「明日、持って来てあげる」

と、ゆかりがいって、その通り翌日、渡してくれたのが、フレーベル館から出た『物語の旅』だった。

和田誠が、自分の読んだ物語の中から五十四編を選び《四方山《よもやま》ばなし》をする。それだけでも嬉しい一冊だが、そこは和田先生だ、当然のことながら、全部に一ページ大の絵がついている。

一つ一つ挿絵を入れるが、仕事で描いたことのないものばかり。ぼくが面白がった物語は、挿絵を描きたくなった物語だと言うこともできそうである。

というわけ。

読んで面白かった話。最初に読んだ時には、妙味が分からなかった作。読み返してみたら、記憶していたのと違っていた物語。それらが、――次から次へと出て来る、宝箱のような本だ。

ヘンリイ・スレッサーの「快盗ルビイ・マーチンスン」は、和田監督の映画第二作となった『快盗ルビイ』の原作。《怪》ではなく《快》であるところが味なのだが、《今でも原稿に「快盗」と書くと必ずと言っていいほど「怪盗」と誤植されてしまう》という。編集者として、心せねば――と思う美希であった。

『快盗ルビイ』の撮影と仕上げに忙しかった頃、一人の若者から手紙を貰った。《劇を書き劇団も主宰している》人で、やはり、「快盗ルビイ・マーチンスン」が好き。《たまたま同じ原作をもとに芝居を上演しようとしている。それを観て下さい》という。

残念ながら、忙しくて行けなかった。こちらの試写会に招くと、彼は、来てくれた。

その頃はまだ知らなかったが、三谷幸喜さんだった。


そして『点と線』のページ。

海岸に並んだ二人の遺体と、取り囲む捜査陣が、俯瞰で描かれている。寄せる波。

——これが、その絵か。

和田誠と松本清張との取り合わせは貴重である。

和田は、大学を卒業する頃、これを読んだという。

## 6

東京駅ホームの四分間の謎と、北海道と九州をまたにかけたアリバイがポイントで、どちらも列車ダイヤに大いに関係がある。

青函連絡船も出てくる。乗船名簿がトリックに使われていて、そのトリックもうまいと思った。東京駅の四分間にしても、青函連絡船の名簿にしても、頭の中だけで創作するのはむずかしいだろう。作者は警部補と同じようにコツコツ歩き、列車ダイヤを調べて、こういうアイデアを得たに違いない。

そのアイデアは乗物好きの読者にはたまらない魅力だっただろう。この小説はもともと雑誌「旅」に連載されたもので、実際に旅行好きの読者のために書かれたものだった。ぼくは旅慣れてなくて列車のダイヤなどよく読めないし、乗物にもさほど興味はないのだが、それらを利用したトリックには感心させられたのである。
新幹線はまだなく、青函連絡船が活躍していた時代だ。飛行機の活用はまだ少なかったのか、飛行機のトリックに警察側はなかなか気づかない。現時点で読むなら、そういう時代背景を頭に入れておかないといけないかもしれない。少なくともぼくが読んだ時と、今読む読者の面白がり方には差が出てくるだろう。

丸山の言葉を思い出した。その時でないと分からない感覚がある——という。
和田は、レコードに吹き込まれた声をアリバイトリックに使った海外作品の例をあげ、《今となってはいかにも古い》という。

「点と線」が古いと言っているのではありませんよ。この小説における犯罪の背景には政治と企業の癒着による汚職事件がある。そういう基本は古くなっていない。それどころかますます現代的な背景である。ただ、主題は不変でも、その時点での小道具（この場合は乗物の状況）に時代のズレが生じるのは小説や映画の宿命かもしれない。

なるほど。
前の方の『西遊記』で和田は、子供の頃、榎本健一の映画を観た記憶を語っている。

映画では、エノケンの孫悟空が、呪文で飛行機を出したという。小さい和田は《飛行機なんかおかしい》といったという。これは、原作を離れて飛躍し過ぎることへの、批判だった。遊びというのは大人の感覚で、子供ほど、そういう逸脱にはきびしいものだ。

遠い戦前の話だ。その頃から、飛行機のイメージは、無論、あったわけだ。

――でも、『点と線』の頃にはまだ、旅客機が一般的じゃなかったんだろうな。

と、思う美希だった。

## 7

春の号には、ほかにも呼び物がある。重鎮、村山富美男先生の新連載がスタートする。

先生は、趣味の守備範囲も、野球、ソフトボール、ギターから将棋と幅広い。大ベストセラーミステリを書かれている先生だが、そういう方らしく、これから始める作品は時代もの。投手としても打者としても活躍する、二刀流選手のようにありがたく、素晴らしい。その村山先生のグラビア撮影と、談話をいただく。

場所は、高輪のホテルにある茶寮だ。先生のご注文である。――恵庵という。資料に、ふりがなが振られていなかった。美希は、パソコン画面の先生に聞いた。

「《けいあん》ですか？」

先生は、とぼけた表情になり、

「時代もので《けいあん》というと、かつら庵と書いて口入れ屋、職業紹介所になるな」

美希は、《桂庵》という字を頭に思い浮かべる。今度行くのは《恵庵》だ。

「――《めぐみあん》？」

「惜しい。《えあん》だな」

「はあ……」

日本語は難しい。先生は、難しい顔で頷きつつ、

「えあん、ええあん、とれびあん――だ」

そろそろ、桜も咲き出そうという、よく晴れた日。ホテルの建物を抜け、迷いそうなほど広い庭園を奥へと進む。明るい道を進み、京都にでも来たような石段を上がる。風雅な門がある。

まずそこで、先生の写真を撮る。

ソフトボールの時はユニフォームのよく似合う先生が、今日は和服。カメラさんの注文に応え、腕組みし難しい顔をして、シャッターを切らせる。

「門の上の――屋根っていっていいんですか、あのカーブが、何とも素敵ですね」

「編笠門《あみがさもん》――というんだ」

「なーるほど、そんな感じです」

時代小説のスタートにふさわしいグラビアになりそうだ。

「京都の武者小路千家《むしゃこうじせんけ》の門を参考にしてあるそうだ」

「おお……。ここ、名のある人が作ったんですか？」

「村野藤吾だよ」

「ほ?」

先生は、首を振り、

「知らないか。文化勲章から何から山ほど貰ってる大建築家だ。――あんたの大学の、文学部にも村野の作った校舎があるんだぞ」

「へえ。そりゃ、灯台下暗しです」

「変ないい方だな」

茶寮に入り、お店の方に、曙の間、汀の間、月の間、などと、それぞれ名前もゆかしい部屋を案内していただく。床柱から天井まで、それぞれに目を楽しませてくれる。

「なるほど、トレビアンですね」

と、美希。廊下も、畳を変形に切って敷き詰めている。先生が、

「洋風の名建築から、こういう数寄屋造りまで見事に作り上げた」

という。

――先生みたいですね。

と応じたくなった。

内玄関には、昼の光が、横の障子から懐かしいようにさしていた。土間の向こうの棚に、黒く細長い瓢箪型の花器があり、花が生けてある。紫の小さな釣り鐘型の花だ。それが、光を、柔らかく受け止めている。

「……何という花ですか」

ベル鉄線——ということだった。

分葱《わけぎ》、独活《うど》、蛍烏賊《ほたるいか》、クコの実の芥子《からし》酢味噌和《すみそあ》えから始まるおいしいお昼をいただきながら、先生のお話をうかがった。

新作執筆についての抱負から愛する時代小説のことまで、流れるように言葉が出て来た。

8

先生の背後の、摺り上げ障子の硝子越しに明るい庭が見える。つくばいに、小鳥が来て水を浴びた。

——画像、撮っておけば、あとで何という鳥か、確認できるな。

と思ったが、失礼だし、話の腰を折ることになる。

『小説文宝』に載せるには十分なだけ、話していただけた。あとは雑談になる。

「今度は、清張先生の特集だって?」

「はい」

「それ聞いたあと《どこかでお食事しながら、お写真を》といわれた。——というわけで、ここが浮かんだ」

「へええ。ここ、清張先生ゆかりのところなんですか?」

「いやいや、それが僕の勘違いでね」

と、先生は、最後の麦とろご飯を口に運ぶ。

「え。……どういうことです？」

「ほら、清張先生の名作に『波の塔』があるだろ。僕は若い頃に読んで、何というかまあ、没頭したね。引き込まれるよ、あれは。――あのヒロイン結城頼子《ゆうきよりこ》と、若き検事小野木喬夫《おのぎたかお》が、運命の出会いをしたのはどこか」

どこだろう。

「――モスクワ芸術座が来日した、その公演が行われている劇場なんだ。芝居は『どん底』。途中で小野木の隣の婦人が、苦しそうになる。公演の最中だから、必死に耐えているらしい。小野木は見かねて、医務室へと誘う。突然の、胃痙攣《けいれん》だった」

「うわあ……」

「で、僕はずっと、その運命の場所を、日生劇場だと思ってたんだ。モスクワ芸術座は、日生でやっているからね。――で、日生というのが――」

「あ。――村野藤吾」

「そうなんだ。まことに斬新な内装で評判になった。村野の代表作のひとつだ。――その連想があって、ここを選んだんだが、……昨日、念のため、『波の塔』のそこを読み返してみた。そうしたら、問題の劇場は新橋演舞場だった。調べたら、『波の塔』が書かれた時、日生劇場は
――まだ出来てないんだ」

「……うーん。それでは行けませんね」

「演舞場でのモスクワ芸術座公演というのが、まずあった。五年後、日生が出来た。そのまた五年後、再び芸術座が来て、今度は――日生でやってるんだ」

「そっちの記憶があったんですね。先生の方が、清張先生よりお若いから」

先生は、くすぐったそうな顔になり、

「この年で、若い――といわれるとは思わなかったが、まあそうだ。その頃のことはその頃の人でないと、うっかりしてしまう。今、『波の塔』の時代を書いて、二人の出会いを日生劇場にしたら、――まだ、ありませんでした、といわれてしまう」

美希は、丸山との会話を思い出し、

「江戸時代の小説に、ちゃぶ台、出しちゃうようなものですね」

「うんうん」

さらに美希は、松本清張つながりで、

「『点と線』についても、時代の違いが話題になってましたよ。和田誠さんがいってるんです」

「――あの和田誠さん?」

「ええ。飛行機のトリックに、警察がなかなか気づかないのは――時代の違いを考えないといけないって」

「いや――」

と、先生は首を横に振った。

「は？」

何が違うのだろう。

「あれは時代のせいじゃないよ。清張先生の失敗だな。――僕は最初の本で読んだ。中学生の初めだ。誰だって真っ先に、飛行機だ――って、思うよ。まして警察だ。九州と北海道と聞いたら、その途端に気づくはずさ」

「……そうなんですか」

遠い昔だ。その時代の感覚は、美希には分からない。

「そりゃそうさ。その点については、みんな、おかしいっていってた。僕は、ミステリ専門誌の『宝石』を、古本まで探して読んでたから、よく分かる。『点と線』というのは、本格ミステリ好きのファンからは、とても評判が悪かった。――アリバイものに飛行機というのは、密室ものに窓がありました、というようなものだからね。旅客機が本当に珍しかった頃なら、扱いによっては許される。――『点と線』というのは、昭和三十年代じゃなかったかな」

美希は、調べていたところだからすぐに、

「昭和三十三年の刊行です」

「それから、二十年以上前の戦前、すでに日本のアリバイくずし長編の名作、蒼井雄《あおいゆう》の『船富家の惨劇』が書かれている。緻密極まる鉄道の利用と並んで、効果的な飛行機の使用が出て来る」

「へええ。戦前に、ですか！」

「昔の本格ミステリマニアには、『船富家』は常識だったからな。今現在の作品の最後に飛行機を持ち出されて、ただもう呆れるしかなかった。――もっと悪いのは、協力者のいることだ。アリバイものの犯人は原則、単独犯に限る。協力者がいたら、決闘の最中、誰かが脇からピストルを撃つようなものだ」

「おお」

「第三者がいたら、いろいろなことが出来てしまうからね。飛行機や協力者を使うなら、そこにかなりのひねりや工夫がないといけない。――確か、文春文庫版の解説で、有栖川有栖さんが《はなはだ失望した》と書いていたが、その通りだったな。――有栖川さんが読んだのは、年齢からいってずっと後だが、鮎川哲也先生の書く、きちんとしたアリバイものを読んでいたら、『点と線』には、がっかりするしかない」

「……でも『点と線』、大変なベストセラー、ロングセラーですよね」

「だからこそ、怒りをかったんだ。こんなものが売れるとは何たることだ、不当だ――とね。実際、身近な本格好きの中には、身を慄《ふる》わして怒ってる奴がいたよ」

「そんなですか」

恐ろしい。

「世間では《四分間のアリバイ》なんて、いった。『点と線』に出て来るのは、東京駅における《四分間の目撃》であって、アリバイではない。基本的な言葉の意味さえ分からない連中がもてはやしている――という口惜しさだな。――しかし、『点と線』の値打ちは、無論、そこにはない。――井上ひさしさんが対談で語ってた。『点と線』が出たばっかりの頃、アルバイトで、本屋さんの不寝番《ねずのばん》をしてた。ビル荒らしに備えて、夜の宿直だね。その間、本を読んでいる。どれにしようかな――と思ったら、『点と線』があった。不思議な題だ。みんなが帰って、一人になってから読み始めた。明け方まで夢中で読んだんだけど、読み進むにつれ、怖くて怖くてたまらなくなった。しんしんと夜がふけるにつれ、いてもたってもいられないような気持ちになった。心から怖いと思った。それから、一週間ぐらい、ずっと怖かった」

「ははあ……」

これは、心に刻まれる。そういう夜があったのだ。

「小説として、物語として、読む。自分と地続きのところで殺人が起こっている――という怖さだね。だからこそ、本格ミステリを読んだことのない人たちにまで、読者の輪が広がっていった。つまり、『点と線』が、マニアの手からミステリを解き放したんだな」

「普通の読者は、飛行機が出て来ても、共犯者がいても、一向にかまわないわけですね」

「そういうことだな。……待てよ、しかし、飛行機のことを話題にしてる対談もあったな。清張先生と誰かが話してた。そこに……《手おくれ》って言葉が出て来た」

先生は、天井を見つめながら、思いをめぐらす。

「はい？」

何のことだろう。

「清張先生と誰かの対談だった。相手が『点と線』のことを話してる。読者はみんな、九州と北海道といわれたら途端に、——飛行機だなと思う。あとから警察が気づいても《手おくれ》だ——って。うまいことというな——と思ったんだが……」

先生は、うーん、とうなった。

外のつくばいに、また小鳥が来て、水浴びを始めた。撥ねた水が、小さく光っている。

## 9

編集部に帰って、《手おくれ》のことを話してみた。

筏丈一郎が、大きな体を揺らし、

「天下の清張先生に、そんなことといえる人、いるのかな」

「いたわけよ」

「えーと、——井上ひさし先生の言葉は、何に出て来るの？」

これは、確かめておいた。文春文庫の『松本清張の世界』らしい。

すぐに行動する筏が、資料室に行って借りて来た。「清張さん、ちょっといい話」という、水上勉との対談だった。

この本は、題名通り松本清張に関する文章が、これでもかとばかり集められている。清張先生と誰かとの対談も、大佛《おさらぎ》次郎、川口松太郎、石川達三とのものが収められている。

読んでみたが、その中に《手おくれ》といった《犯人》はいない。筏が、

「聞いて、先生、怒らなかったのかな。難しい方だったんじゃないの。信じられないなあ」

それだけの相手なのだ。誰だろう。

話していると、『週刊文宝』の八島和歌子《やしまわかこ》が通りかかる。白シャツ、黒青白のストライプのタイトスカートに、エナメルのパンプスだ。

ひらりと話に入って来る。

「でも、飛行機って運行時刻が乱れるのは普通だし、飛ばないことだってある。アリバイ作りには、向かないんじゃない」

「それはそうですね」

「殺してから飛行場に行って、本日は飛びませんといわれたら目も当てられないわ」

全くだ。

「八島さん、何でもかんでも経験ありそうですけど飛行機と時間のことで、何かエピソードありますか」

「殺してから？」

「いや、殺さなくても、普通の出張で――」

「そうね……」と思いをめぐらし、「まだ若い頃、フランスに出張があった」

「おお」

「長時間フライトの間、ぐっすり眠れるようにと、前の日、わざと徹夜で校了して自宅に帰ったの。――緻密な計算よ」

「八島さんらしいですね」

「そうなのよ。――ところが、あまりに眠くなってしまった。過ぎたるは何とやら、ね。で、荷造りしてる最中、開けたスーツケースに顔を突っ込んで寝落ちしてしまった。……ハッと気がついたら」

一旦、顔を伏せ目を閉じ、上げて開いてみせる。どきどき。

「どうなってました？」

「出発の二時間前よ。空港にいるはずの時刻。真っ青になりつつも、頭は意外と冷静。《預け入れ荷物がなければ、一時間前でも搭乗出来たはずだ》と、素早く計算。スーツケースはあきらめ、通勤バッグにパスポートを突っ込んで、うちを飛び出したわ」

「スリルですねえ」

「五十分前に搭乗手続き、ダッシュで出国審査を終え、搭乗口に着いたのが出発時刻の三十分前。そこで案内を見る。――搭乗は十分遅れるという。側のお店で、うどんを啜《すす》った」

「おお。十分間のアリバイですね」

「十分間の食事よ。つるつる啜ってるところで、カメラマンさんと合流」

「何食わぬ顔で、うどん食ってた」

「そういうこと。終わりよければ全てよし、よ。ファスト・ファッションの出始めの時期で、着替えは安く、現地調達出来たわ」

「緊急事態にも冷静に対処し、時間と勝負する。――さすがは八島さん、狡猾《こうかつ》な犯人のようですね」

アリバイものには、名犯人が必要だ。

10

しかし、天下の松本清張先生に《手おくれ》といった犯人は捕まえられない。

何人かのベテラン編集者に聞いてみたが、怪談を耳にしたような顔になり、

「考えられないなあ。そんな怖ろしいこと、清張先生にいえるなんて。——江戸川乱歩なら大先輩だけど、いうタイプじゃない。同じく大先輩の横溝正史は、親しくなかったから、かえっていわないだろう」

藪の中である。

丸山に聞いたら、ジロリと睨《にら》んで、

「——酔っぱらった編集者だろう」

我を忘れたらいうかも知れない。危険。しかしそれでは対談ではないし、記録にも残らない。

——いくら何でも、こんなことまでは分からないだろう。

と、思いつつ、いつものように中野に住む父のところに行ってみることにした。

天気のいい土曜の夕方、実家に入って行くと、待ち兼ねたように母が、

「食べてもらいたいものがあるのよ」

「何？」

「遅めのおやつ」

定位置の畳座に腰を下ろすと、不思議なケーキが出て来た。

「上が真っ黒じゃない。こんなに焦げてて大丈夫なの？」

「そこが特徴。テレビでやってたの。――バスク地方のチーズケーキ」

はて、バスクとはどこだったろう。香りがいい。紅茶と共に、いただく。

父が現れ、

「おお。それ、絶品だぞ。お店で出せる」

柔らかい。口に運ぶと、とろけるようだ。濃厚だが舌触りがよく、確かにおいしい。

「これが、うちで作れるんだ」

「簡単なのよ。材料混ぜて焼くだけ。テレビの人が、すぐに出来ます――といってたから、だまされたと思ってやってみたの。そしたら、本当に出来ちゃった」

父も向かい合って、フォークを手に取る。

「この、上が真っ黒なところが面白い。店に出す時のネーミングも考えた」

「どういうの」

「悪魔のチーズケーキ」

「………」

「はて、どういうものか――と気になる」

売れるだろうか。

テーブルの上に、お腹のふくれた硝子の小瓶がある。この前、来た時にはなかったものだ。白クマの肩から上が蓋になっている。クマの頭がつまみ。体は瓶の中の、水に浸かっている。手のひらに乗ろうかという大きさ。正体不明だ。

「何なの、これ？」

「加湿器だ」

と、父。母が説明する。

「そのクマが素焼きらしくて、触れ込みでは胴体で水を吸い、上から、乾いた空気中に水分を発散する——というの」

「へええ」

「何の手間もいらない。ただ置いとくだけなんだ。そこがいいだろう」

と、クマの弁護をする父。だが、母は、

「一緒に買い物に行ったら、半額処分の山の中にあったの。変わったものに目がないから、買うんだ買うんだ——と駄々っ子になっちゃって」

「……いや。まあ、見た目も可愛いから」

同意を求める。

「それがね、ネコってラベルが貼ってあったんだけど、どう見てもクマでしょう」

「そりゃそうだわね。——ネコと書いた方が、売れると思ったのかな」

「おい。クマだからって差別しちゃ、可哀想だろう」

と、擁護する父。

「で、どうなの。どんどん水を吸い上げるの？」

母は、それは聞かないでやって――と洗濯物の取り込みに行く。日がのびて来た。おかげで、遅くまで出しておけるようになったのだ。

美希は、残された父に、《手おくれ》発言について聞いてみた。謎を得た父は、水を得たクマ――いや、魚のように元気になった。

いとも簡単に、

「ふんふん。……そんな対談なら、確かにあったたな」

11

清張先生より年長でなければ、とてもいえない言葉だろう。対談が記録に残されているなら、大物に限る。

だが、大佛次郎、川口松太郎、石川達三、それに乱歩や横溝でもない。ほかに、どんな容疑者が残っているだろう。

「作家関係ばかり考えるから、いけない。対談――といえば、真っ先に浮かぶ人がいるだろう。対談の大家。四百回もやってる人が」

「――四百って、嘘八百の半分？」

「茶化すんじゃない。まず、現物を調べてみよう」

父は立って、書庫に向かう。

疑問を吸い上げ、答えを出してくれる働きには慣れている。ありがたい。

ややあって、父は一冊の雑誌を手に戻って来た。

深夜叢書社《しんやそうしょしゃ》から出た『徳川夢聲《むせい》の世界　対談「問答有用」文学者篇Ⅱ』だ。

「徳川……」

この人なのか？

「『問答有用』は、週刊誌の名物コーナーだった。対談の長期シリーズで知られる人はいるが、徳川夢声はその先駆者といっていい。――夢声は知っているか」

「えーと、『宮本武蔵』の朗読で有名な人でしょう？」

「そうだ。間《ま》を大事にした語りで知られる。まずは戦前、無声映画の説明役――弁士として出発した。映画がトーキーになってからは、俳優、朗読者、作家、随筆家として多方面で活躍した。――『問答有用』は、戦後の大きな仕事のひとつ。いろいろな形で本になっている。対談数は非常に多い。密林か、砂漠のようだ。踏み迷いそうになる。困っていると、深夜叢書社が、文学関係に絞ったこの二冊を出してくれたんだ。非常に助かる」

守備範囲にボールを投げてくれたわけだ。

「……この『Ⅱ』の方に、清張先生が入っているのね」

「そうだ」

開いてみる。前書きにあたる対談相手の紹介で夢声は、最近、感服したのが『真贋《しんがん》の森』であり、《この作者は鉄道の時刻表ばかりの通でなく、美術にもなかなかウンチクありと分った》という。清張先生がようやく知られ始めた頃——と分かる。

『無宿人別帳《むしゆくにんべつちよう》』は《各編とも私には興味津々である。どれをとっても、ラジオの物語台本として申分ない。いよいよもって、これはスミにおけない作家である》という。朗読者らしい感想だ。

その清張が、かつて《「新青年」の連載の拙稿を愛読されたと聞いて、噫々吾《ああ》レ老イニケラシモと嘆じたのである》と、年の差をいう。それほどの先輩なら、思ったことも平気でいえる。

問題の『点と線』についての部分は、こうなっている。

夢声　(略)これは、ほうぼうから指摘されたでしょうが、「点と線」を読んでると、急行で博多を出発したとしても、あの時間に犯人が札幌にあらわれるはずがないということを、刑事がしきりにふしぎがってる。「おや、旅客機のまだなかった時代かな」と思ってると、そうじゃあない。
松本　あれは、だれからもいわれたんです。大失敗でした。(笑)

美希は顔を上げ、

「……認めてる」

「そりゃあそうだ。昔のことじゃない。『点と線』は、まさに対談当時の話だからな。誰からもいわれたんじゃ、認めるしかない。面白いのは、続けて、――改善策をあげているところだな」

松本　飛行機の乗客名簿をしらべると、偽名はひとりもない。全部の人にあたってみると、「たしかにわたしは乗りました」ということで、いちおうひきさがればいいんですよ。そして、汽車をしらべて、汽車がだめで、もういっぺん飛行機をしらべて、わかるということにしたらよかったんです。そうすると、世界探偵小説ベスト・テンの末席ぐらいにはなってた。（笑）

乗客名簿を調べる――というのは昭和三十三年の、最初の本でも、そうなっている。ただ、手順の問題なのだ。それを、捜査の初めに持って来ないといけない。

そこで、問題の言葉が出て来る。

夢声　刑事が「どうして、いままで旅客機に気がつかなかったか」っていっても、読者のほうがすでに気がついてちゃあ、手おくれです。（笑）

清張先生は、肝心なのは偽装心中の方だと語る。その通りではあるのだが、また、

松本　（略）飛行機は残念でしたがね。（笑）

「気にしてるわね」

「さすがにね」

そこで、持って来ていた和田誠の本を見せる。

「時代背景を考えるべきだといっている」

「――和田さんも年齢からいって、リアルタイムで読んでるわけだ。しかしながら、この本の《あとがき》は二〇〇一年に書かれているな。読んでから、四十年以上経っている。『点と線』の書かれたのが、頭の中で《昔》になってしまったわけだ。――本にとっては、それが幸せだ」

「幸せ？」

「昔はこれでよかったのだろう――という幻想が生まれるからな」

「ああ。なるほど」

「《時代背景》というなら、当時のリアルな言葉を出してみようか」

父は、古めかしい雑誌を出して来た。『宝石』の昭和三十四年一月号だ。

「『点と線』は話題作だったから、すぐに映画化されている。双葉十三郎《ふたばじゅうざぶろう》が、映画評を書いている」

原作の欠点をカヴァーしているのがよろしい。（略）また原作では飛行機の利用をいかにも大きなトリックみたいに扱い、読者が気がつくよりずつとあとで気がつくのがつまらないが、映画ではすぐに気がつくのがよろしい。


「こんな具合だ」

「なるほど」

その《時代》でも、こう思われていたのだ。父は、《江戸川乱歩編集》と表紙に書かれた古い雑誌を閉じ、

「『点と線』は、ミステリの専門家が書いたんじゃない。小説家が書いたんだからな。本格アリバイ崩しとしては確かに穴が多い。――しかし、あの作品の、意味も栄光もそこにはない」

「普通の読者にも読めるものとなり、大ベストセラーになった――ということね」

父は、対談のページをめくり、

「そして、清張自身にとっても大きな意味を持つものとなった。――夢声が《なんといっても、売りだしの一巻は「点と線」ですな》といっている」

「大流行作家としての、第一歩になったわけね」

父は頷き、

「清張は、ずば抜けた力を持つ作家だ。どういう道を通っても、いずれはあの《松本清張》に

なったろう。――しかし、『点と線』がそれを早めたのは、間違いない」

対談には、『点と線』以前の自分を語っている言葉もあった。芥川賞を貰い、勇んで東京に出て来たものの、思ったように原稿の注文が来ない。早まったか――と思う。


十二月の十九日で、クリスマス・イーブが近い銀座は、たいへんな人の波です。そこをあるくのはやりきれない気もちで、東銀座のほうのさびしいところを、ひとりでぼそぼそとあるいたもんです。


あの松本清張が――と信じられない思いになる。

『点と線』にしても、雑誌『旅』の連載時には、反響が全くなかったという。暖簾《のれん》に腕押し。まことに張り合いがなかった。

《今月はおりる、おりるといいながら》も編集長の戸塚文子《とつかあやこ》に、《「おりるんなら、ほかの連載もやめてください」と、やかましくねじこまれて、いやいやながら書いたんです》といっている。


分からないものだ。

「この『問答有用』の載った週刊誌って、何だったの？」

「残念ながら『週刊文宝』じゃない。――『週刊朝日』だ」

「おおっ！」

と、美希は声をあげた。父は身を引き、

「何だ、いきなり」

「それなら、会社の資料室に揃ってるよ。基本資料だ」

「凄いな、さすがは天下の文宝出版」

「待って待って――」

と、美希は、このところバイブルのように持ち歩いている、分厚い文庫本『松本清張の世界』を取り出す。

重金敦之《しげかねあつゆき》の「松本さんと『週刊朝日』」という文章も収められている。肩書は《週刊朝日副編集長》。高校時代、『旅』に連載されていた『点と線』を読んだ。翌年の『問答有用』で《徳川夢声氏と松本さんの対談があったが、横山泰三氏のマンガの内容まで、今でも鮮明に記憶に残っている》という。

「覚えてる人は覚えているんだねえ」

## 12

月曜日、美希は出社と同時に資料室に乗り込んだ。討ち入りをするような勢いである。出してもらった週刊誌を、しみじみと見る。昭和三十三年九月七日号であった。

表紙は、雷鳥の写真だ。哲学者のような目で、じっと右の方を見つめている。素朴な感じがする。

今の、普通の週刊誌に比べると、はるかに薄い。

――昔は、こんなだったんだ……。

その厚みからも、時代の流れを思う美希だった。

トップは「チョゴリザに立つ　京大桑原隊の初登頂」。

四大連載というのがあった。小説が菊田一夫の『がしんたれ』と村上元三の『大坂城物語』。挿絵が凄い。前者が小磯良平、後者が岩田専太郎だ。そして、大宅壮一の『日本の企業』。錚々《そうそう》たる面々の前に置かれているのが、徳川夢声の『問答有用』。ゲスト松本清張。その回数を見て、うなった。

――第三百八十六回！

父のいう通り、大変な呼び物だったのだ。

ページを開くと、重金氏のいっていた横山泰三の漫画が見られた。

最初の似顔絵に始まり、さまざまな傾向の作品を書いている――というところでは、コックさん姿の清張先生が描かれ、背後に《点と線焼　眼の壁鍋　無宿人別帳丼　日本芸譚煮》というメニュー表が貼られている。

飛行機問題のところでは、機関車の玩具を抱えた清張先生の前で、夢声が天を指さし、その指の上に旅客機の模型が乗っている。清張先生は、口を開けてそれを見ている。

対談相手略歴の最後に、先生の現住所まではっきりと書かれているのがまた、時代を思わせる。

対談内容はすでに読んでいた。しかし、改めて当時の掲載誌を開き、一方に、和田誠の『物語の旅』や文春文庫の『松本清張の世界』を置き、突き合わせてみると面白い。

和田は、最後の解決部分が《急転直下すぎる感じがした》といっている。

警部補から九州の老刑事への手紙の内容が、事件の全容を物語る絵解きになっている。その中で意外な共犯者について語られたりするのだが、そういうところは推理ものの醍醐味なのだから、警部補の行動を通してじっくり書きこんでほしかった。

連載でもう一号分あればそれができたんじゃないだろうか。作者はそれを要求したけれども雑誌社の方が…いや、素人探偵がそんな推理をしても始まらない。

名探偵和田誠。残念ながら、犯人は《雑誌社》ではなかった。早くやめたかったのは——《作者》だった。

『松本清張の世界』には、『旅』の編集長戸塚文子の回想が載っている。《よほど「点と線」は、書きづらかったか、途中少々嫌気がさしたか》、なかなか書いてくれない。少し遅れて『週刊読売』で『眼の壁』の連載も始まってしまった。『週刊読売』と『旅』の仕事が並行している。『問答有用』における《「おりるんなら、ほかの連載もやめてください」と、やかましくねじこまれて、いやいやながら書いたんです》という作家の言葉を、編集者側から見ればこうなる。

ついに、どたん場で一カ月休載の申入れがあった。例によって「清張待ち」で、白ページはもうそこだけという状況だ。埋めて埋められなくはないが、「週刊読売」がある。そっちには載って、こっちにはお休みでは、編集屋の意地が立たない。「ヨミも一カ月休んで下さるなら、病気休載にしましょう」と、申入れた。先生がヨミを休まないことは、計算ずみであった。

雲がくれされたこともある。

しかし、清張先生からすれば——相手が悪かった。『旅』は、交通公社の雑誌だった。戸塚編集長の、まさに犯人捜しのような追跡が始まる。

留守宅を誘導尋問して、博多へ向ったことが、わかった。乗物の乗客を調べるのは、お手の物だ。日航機の便数を発見、離陸寸前の羽田で、電話口へ呼び戻し、「機内で書いて下さい。博多の公社社員がお出迎えします」とオドカした。全国ネットの捜査網と逮捕組織（旅館だって協力する）当方にありと知って、驚かれたらしい。この非常手段以来、原稿の入りは、少しよくなった。

松本清張様——と呼び出され、

――何事だろう？

と電話に出、相手が分かった時の先生の、ぎょっとした顔が見えるようだ。

『点と線』が、何とかゴールインした時、戸塚文子は《バンザイ》と叫んだ。清張先生も、ほっとしたことだろう。

遠い昔の、まるで神話のような、作家と編集者の戦い――神々の戦いだ。

13

『問答有用』を結ぶ、清張先生の言葉はこうだった。『点と線』についてのものだ。

こんなにあたるんだったら、もっともっと念をいれて書くべきだった。そこでまた、飛行機の失敗にもどるわけです。（笑）

最後の最後に、また持ち出しているのが微笑ましい。よほど、気になっていたのだろう。

# 「白浪看板」と語り

1

田川美希は、雑誌『小説文宝』の編集者。桜が散ると共に頼りになる先輩が書籍の方に移り、新人女子が入って来た。

編集長の百合原ゆかりに、

「ベテランが抜けると不安ですね」

といったら、

「何いってるの、田川ちゃん。あんたが、もう大ベテランなんだよん」

仕事はできるが、時に、にゃんにゃん言葉になるゆかりなのだ。

「あ、そうか！」

月日の経つのは速いものだ。気持ちだけはいつまでも二十代の美希。しかし、そこで現実に引き戻される。

きらきら輝くように若い後輩は、柴田李花《しばたりか》。スモモの花だ。自分の名前が、田川茉莉花《まつりか》だったら、リカマツリカで、M－1に挑戦できたのに——と、ゆかりにいったら、

「コンビ名なら、ほかにもいいのがあるわよ」

「何ですか」

「——失笑問題」

うーん、いかにも滑りそうだ。

とにかく、世代が違い過ぎるので話題があうかどうか心配だ。

李花は新人ながら落ち着きがある。そして素直、教えられたことは真面目な顔で頷きながら、的確にこなしてくれる。

相手は、あまりにも若い。指導するにも、

——えーと、何から教えたらいいんだっけ？

と、自らの遠い新人時代の記憶を手繰りよせる美希だったが、幸い、分からないことをすぐ聞いてくれるので、助かる。

しばらく前、文庫に入った大村亜由美は、時には突拍子もないことをいって楽しませてくれる元気印。それに対し、李花は一拍置き、考えてからしゃべるタイプだ。

綺麗な表紙の本を手にしていたので、

「何それ？」

と、聞いてみた。深い深い闇に近い緑に、紋黄蝶がいくつも描かれている。蝶の数え方は、

正しくは《何頭》となるわけだが、時には正しいことと実感とが一致しない。安西冬衛《あんざいふゆえ》の一行詩『春』の、
　てふてふが一匹韃靼《だったん》海峡を渡つて行つた。

も《てふてふが一頭》だったら、重くて海に落ちてしまいそうだ。

　李花は答えた。

「――『中島みゆき詩集』です」

《詩集》の方は見た目通りだったが《中島みゆき》が、意外だった。角川春樹事務所から出ている本だった。

「中島みゆき、知ってる？」

と、若さに対して身構え過ぎた質問をしてしまった。

「勿論、知ってます。幼稚園の頃、『プロジェクトX』やってました。――『地上の星』は懐かしい一曲です」

「おお」

「『ファイト！』はCMで、『糸』は学校の音楽の授業で聴きました」

　そういう世代か。

「曲を知ってから、あれもこれも、中島みゆきなのか――と思いました。中学生の頃、中島み

ゆきを毎朝、聴いて学校に行った……という記憶があります」

ちょっと暗そう。どんな家庭だろう。

「それはまた、なぜ？」

「朝ドラで『マッサン』というのをやっていたんです。主題歌が『麦の唄』」

それなら分かる。朝ドラが柴田家の、毎日の時間割に入っていたのだ。李花は小柄だから、今でも中学校の制服を着せたら、中に紛れ込めそうだ。学校へと向かう姿が目に浮かぶ。

「……で、これに手が伸びたわけね」

思い出のメロディか。

「いえ、最初は分からなかったんです。本屋さんに行ったら、『谷川俊太郎詩集』なんかと並んで、置いてありました。とても、可愛らしい本で……図書館で小さい時に読んだみたいな、懐かしい安心感がありました。自然に手に取ったんです。名前を見ても、最初は、歌手の《中島みゆき》と結びつきませんでした。こういう詩人がいたのか――と思いました」

「なるほど」

「ところが、開いたら、『麦の唄』とか入ってる。何だ、あの《中島みゆき》なのか！――と、驚きました」

李花は、振り返ったところを見たら知った人だったというように、二、三度、頷く。

「そういう流れか。それで買ったわけね」

「うーん。思い出とも繫がりましたけど、それで――というより、書くこと――というか、本を作ることの不思議さに驚いたんです」

「ほ？」

李花は、本を開いて目次を見せてくれた。

『愛だけを残せ』『愛よりも』『浅い眠り』『アザミ嬢のララバイ』と続いて行く。

「……アイウエオ順？」

「そうなんです。詩集だから、並びは大事でしょう。年代順なら分かるけど、機械的に並べていいのかな――と思ったんです。そうしたら、やがて『麦の唄』。ヤ行になって『雪』『雪虫Whisper』。本の中に雪が舞った。そして、最後の最後がワ行。――『わかれうた』で閉じられるんです」

「ほおお……」

題名が、さようならと手を振っている。

「勿論、中島さんがそんなこと考えて、今まで書いて来たはずなんかありません。計画的にやったわけじゃない。それなのに、並べたら、こうなってる。そして、こういう本が生まれた。……何かが書かれるって、それが本になるって、不思議だな――って思いました。わたし、出版社に入ったんだ。そういう仕事にかかわれるんだ。うれしいな――と思って、で……」

と、李花は長めの睫毛を動かし、

「……買っちゃったわけです」

## 2

　来年のことをいえば、鬼が笑う。あはは、と笑われても、かまわない。編集者は夏の炎天下にも、新年号のことを考える。

　実のところ、新年号が出るのは年内だけれど、気分は新春——来年だ。それを、暑いうちから考えるのも、次に迎えるのが特別な年だからだ。

　司馬遼太郎、そして池波正太郎という小説界の大看板二人の生誕百年。そして『小説文宝』にとっても創刊百周年なのだ。

「いやあ、百年か。そう考えると、我々も大変な雑誌、作ってるんですねえ」

と美希。仕事が一段落したところでの、雑談だった。

「そりゃそうよ。百分のいくつかは、この手でね」

と、百合原編集長。長年の付き合いだから、互いに気兼ねなく話せる。

「百が重なるご縁だから、どうあっても、大家お二人にかかわる原稿、欲しいですねえ」

「あいあい」

　気楽そうな返事を返す編集長の名字にも《百》が入っている。これまた、ご縁かも知れない。

　とにかく、いろいろと企画を考え、準備しなければならない。

　机に向かい、一心不乱という感じでゲラの再チェックをしている期待の新人、李花に声をかけてみた。

「リカちゃんは、『鬼平』とか読んでる?」

編集部に溶け込んで来た李花は、いつしか親愛の情と共に、《リカちゃん》と呼ばれるようになっていた。

いうまでもない。『鬼平』とは、池波正太郎作品中でも、ひときわ知名度の高い『鬼平犯科帳』。主人公は火付盗賊改方《ひつけとうぞくあらためかた》長官、長谷川平蔵。小説にとどまらず、何度も映像化された。とりわけ、テレビで演じた二代目中村吉右衛門の印象が強い。

真面目なリカちゃんは、有名な作品を《読んでる?》といわれ、どっきり。身を硬くし、

「あ。いえ、……知ってはいますが」

二十代前半では、何もかも読んでいる方が珍しい。鉄女《てつじょ》も歴女《れきじょ》もいるのだから、鬼女《おにじょ》——鬼平女子の略だけれど——もいるだろう。だが、李花の手は、まだそこまで伸びていなかった。

「イメージはあるのね」

美希が説明する。

それまでほとんど取り上げられなかった江戸時代の役職、火付盗賊改方に、池波が光を当てた。そこから始めて、盗みについて《急ぎばたらき》などなどの、一度聞いたら忘れられない造語を物語に溶け込ませ、見事にひとつの世界を構築したことまで、ごく簡単にレクチャーした。

付け加えれば、いわゆる『鬼平犯科帳』シリーズが書かれる以前、昭和三十年代終わりの

「江戸怪盗記」、翌四十年の「看板」でもすでに、池波のペンは長谷川平蔵に触れていた。

「ずっと興味を持っていた人物——ということだよね。——『看板』という短編は、のちに『白浪看板』と改題された。いいよねえ。ぐっと印象的になってる」

「『白浪看板』……」

「うん。《白浪》って分かる？」

と、問いかける。教えてあげようと思ったのだが、あっさり答えが返ってきた。

「《どろぼう》ですよね」

「お。凄い、よく分かるね」

すると、

「高校の授業でやりました」

3

《どろぼう》の授業があったわけではない。

「古典です。『伊勢物語』の『筒井筒』でしたっけ。あの中に出て来ました。別の女のところに行く男の身を心配して、女が歌を詠むんですよね。《風吹けば沖つしら浪たつた山夜半にや君がひとりこゆらむ》」すらりと歌が出て来る。「龍田山のあたりは、不用心なんです」

「ほう」

要警戒地域か。そういわれれば美希も、教室で聞いたような気がする。ジュラ紀のように遠い昔だ。

李花はそこで、うーん……と、上目づかいになってから、

「……その時、《白浪》には《どろぼう》という意味もある……と教えてもらいました。由来も聞いたはずですけど、覚えてません」

すまなそうにいう。そこは、知らなみリカちゃん。

「……確か、歌舞伎に『白浪五人男』っていうのがあって、それは『どろぼう五人組』という意味だと、教わりました」

丁寧な先生だ。警察に、どろぼうか——と勘違いされたら、『白浪誤認男』になるだろう。

李花はさらに首をかしげ、

「……三河屋さんとか越後屋さんとか、お店だったら看板出しますよね。知られたいから。でも、『白浪看板』って何ですか？　《うちはどろぼうです》って宣伝なんかしないでしょう？」

それはそうだ。

「まあ、何というか、看板にしてること。つまり、——正しい盗賊のモットーだね」

「モットー？」

「そう。困ってる人からは盗らない、人を殺したり傷つけたりしない、女に手を出さない」

「はあー。ロボット三原則みたいですね」

ロボットは人間を傷つけない、前則に反しない範囲で人間の命令に従う、前二則に反しない

範囲で自分を守る。アイザック・アシモフという作家が提唱し、広く知られるようになった。いろいろな小説や、手塚治虫の漫画にも出て来たと思う。

李花は、しばらく考え、

「……どろぼうはいけないけれど、白浪三原則ですか――せめて、それぐらいのルールは守ってほしいですよね」

といってから仕事に集中、まずは《急ぎばたらき》で仕上げてから、

「――先輩、『白浪看板』、もうじきやりますよ」

「……やる？」

『看板』と、どう結び付くのか。不思議な言葉だ。

「はい。こうです」

手招きする李花。

美希が、あやつられるように行くと、パソコン画面に、《かたりと和らいぶ》の文字。和服の清楚な女性と、三味線を持った男性の画像が見える。

「――語りと糸で《かたりと》ですって」

打てば響く。早速、《白浪看板》を検索し、行き当たったのだ。

「えーと、朗読会？　――三味線付きで読むわけ？」

何というタイミングのよさだろう。

「はい。作品紹介に、《鬼平シリーズ前に長谷川平蔵が登場した傑作短編！》と書いてありま

す。今の短編に、間違いないですよね。《原作第一、派手な演出は加えません》ていうのが、好感です」

会場は物語にふさわしく、お蕎麦屋さんだ。せいろ蕎麦に、つまみの四点盛もつく。

「……おいしそう」

美希の興味感心は、食い気の方にも向かう。「新人研修になりますよね。場所は――北区の上中里《かみなかざと》ですって。わたし、全く土地勘ありません。校了明けになりますから、……よろしかったら、ご一緒できませんか。いろいろ、ご指導ください」

美希も行ったことがない。新人だけでは、なお心細かろう。

「いいわねえ、お蕎麦」

食べに、ではない、聴きに行くのだ。李花は、うれしそうに、

「よかった。《ひとりばたらき》にならなくて」

4

実は美希、大学の後輩の結婚式に呼ばれ、着物で行ったことがある。そちらに趣味のある母親が選んで、買ってくれたものだ。

今まで着る機会が、あまりなかった。おかげで、有効活用できた。一度、大観衆の――というほどではないが――前に出、好評を博すると、

――着物もなかなかいいものだな。

と、実感できた。美希の姿に賛嘆の視線を送る男もいたのである。勘違いではない……ような気がする。

その時着たのが、本当は冬から春という頃に一番似合う柄だった。

昔の軍人の回想録を資料として読んだことがある。

――勲章というのは、持っていなければ、何だあんなものと思うが、ひとつ貰うともっと欲しくなる。

という言葉があった。実感だろう。美希も一度、着物姿での好感度アップを意識すると、

――夏物も、あった方がいいかな……。

と、思った。

そこで母親にも相談し、涼しげな絽《ろ》織りの夏着物を買ったところだ。白地に、鴇《とき》色――わずかに紫味のある薄い赤ですね――や薄い山吹色で桔梗《ききょう》の花が描かれている。当たり前の桔梗色でないところが味なのだろう。帯は、花々を、色できゅっと締める緑。

仕事と仕事の間の休日の、夏の夕方にふさわしい姿だ。

ＪＲ京浜東北線、上中里の駅で待ち合わせ。こちらを見た李花が、おっ――という顔をしてくれるのがうれしい。

「素敵です。先輩」

「ありがとう。――リカちゃんも、似合ってるよ」

ノースリーブ、紫と白のストライプのワンピースだった。

李花は職場では、基本的にデニムを穿いている。誰かと会う予定のない時は、それが仕事着だ。

――デニムで働くのに、憧れていたんです。

という。かつてドラマでも観て、刷り込まれたのかも知れない。そういう李花のワンピースもよかった。

というわけで、今日の二人には日常を離れた浮遊感がある。

「東京のこっちの方って、来たことありませんでした。来るのが、空間移動というより、むしろタイムトラベルみたい。わくわくします」

美希も、上中里というところには初めて来る。夕闇が似合う、懐かしい感じの通りを行くと、すぐに目的の浅野屋さんに着いた。

東京二八蕎麦――という幟《のぼり》が、今日は脇にやられ本日貸切、白兎がぴょんと跳ねたところに白浪看板という文字の踊る、紺の暖簾がかかっていた。朗読会用のものだ。

開かれた戸から覗《のぞ》く、中が明るい。

――ここに、お入り。

二人は、兎に誘われるアリスのようになった。

5

席を客が埋め、入口が閉め切りになる。壁の前に台が置かれた。

暖簾として、会を告知していた白兎の布が中に入れられ、そこの後ろ幕となった。

いよいよ、開演。

まず、津軽三味線の熱のこもった演奏があり、続いて語り手、北原久仁香《くにか》さんが登壇する。

青地に白い波文様の着物、そして袴だ。

小柄な体から、凜《りん》とした声が発せられる。

〔盗人《ぬすびと》にも三分の理〕という諺があるけれども、
主人公は盗賊、夜兎《ようさぎ》の角右衛門《かくえもん》。二代目である。捨て子であったが、赤子のうちに先代角五郎に貰われ、跡継ぎとなった。

角右衛門は不自由なく育てられ、その過程において、先代夫婦のたくみな教育？により、
短い一節だが、北原さんの伸びやかな声から、子供の成長する姿が、幻灯の画面のように浮

かんで来た。

角右衛門の初仕事は明和四年の年の暮れ、盗賊どもは九名。

いずれも揃いの紺地に白兎を染めぬいた筒袖の仕事着に紺股引、紺足袋といういでたちで、黒頭巾をすっぽりかぶっていたのだが、
夜に跳梁《ちようりよう》する白兎さながらだ。物語から抜け出て来たような、水際立った姿である。

角右衛門は、先代が亡くなった後も盗賊の掟三ヵ条を守り、天道にそむかぬ——と自分では思っての働きぶりだった。そのおかげか、四十の年も無事に迎えることができた。

二月、次の仕事の相談を終えての帰り、広徳寺門前まで来た時、大金を落とした——と目を血走らせている若者と出会う。行き過ぎようとした時、ぼろを着た女乞食が、叫びながら駆けて来た。いや、ひと目では女……かどうかも分からぬような姿である。しかも片腕がない。その《一本しかない手で紫の袱紗《ふくさ》包みを突き出した》。

「これを落しなさったろう。

6

暮れるのが遅い夏の日だが、外にはもう闇が忍びよっていた。

語りの後は、お蕎麦が出る。お店のご主人が出て、

「七、八月は、蕎麦が一番おいしくない」

と、のっけに挨拶。七月下旬であった。秋から、寒い冬にこそうまいのが蕎麦――とのこと。味への思いが伝わってくる。

今日の盛り合わせの説明がある。この時期定番のものといえば鰻だが、う巻に梅干しの天麩羅。ちょっと、びっくり。

「食べ合わせがよくないものの代表のようにいわれるのが、鰻と梅干し。しかし、あれは――嘘です。安心してください」

おお、そうなのか。

「昔は、何でも暑い中に置いておくしかない。かば焼きも置いておけば、すぐ悪くなる。酸っぱくなる。そんなところから来たのでしょうね」

蕎麦やつゆについての話も興味深かった。勿論、最初の言葉を、いい方に裏切って、夏のお蕎麦もおいしかった。

お客は常連の方が多いようだ。語りを終えた北原久仁香さんが、挨拶に来てくれる。

李花が、

「語りのおかげで、池波作品の、世界の中に入れたようです」

美希も続けて、

「三味線も印象的でした」

北原さんは、にこりとし、

「ありがとうございます。小池も喜びます」

津軽三味線は小池純一郎という方だ。

「特に、女乞食が生まれて初めて、鰻を食べるシーン。糸の響きから万感の思いが、伝わってきました」

盛り合わせに、う巻が出たのも、話の内容にちなんで——だ。

十両盗めば首がとぶ時代、四十五両というとんでもない金を、貧の極みにある身で着服もせず、何時間もかけて落とし主を探した女、おこう。

角右衛門は、彼女を料理屋に連れて行く。鰻のうまい店だ。おこうにとって、匂いこそ嗅いだことはあるが、食べられはしないと思っていた鰻。

天上の美味だった。

差し向かいになった角右衛門は、どうしてわざわざ、大変な思いまでして、拾った金を返したのかと聞く。《笑っちゃアいけませんよ、旦那》と、おこうはいう。


「人間、落ちるところへ落ちてしまっても、何かこう、この胸の中に、たよるものがほしいのだねえ」

「たよるもの、ねえ……」

「いえば看板みたいなものさ」

一線を守る誇りが、人を支える。

終わって、外に出るとすっかり暗くなっていた。今の東京には珍しいものが、そこにあった。路地の闇である。それが引き立たせているものが、目に入った。

「リカちゃん、――あそこ」

と、隣を示した。青果店があった。周囲の黒の中で、まるで絵本でも広げたように彩りが鮮やかだ。

思わず足を伸ばして、行ってみる。

平台の連なる上に、さまざまな野菜が並んでいる。みつば、ほうれん草、シシトウ、小松菜、セロリ、巨峰――などと青い文字で書かれ、下に赤く、それぞれ値段が記してある。野菜や果物が明るい光を浴びて、華やかだ。闇がそれを引き立てる。青果たちが今にも、歌いだしそうだ。合唱団のように。

奥には冷蔵ケースがあり、脇で扇風機が回っていた。ご主人は、奥にいるのだろうか。ふらふらと、買い物をしたくなる。

「わあ。……こんな感じ、随分、昔に見たような気がします。本当にタイムトラベルして、来たみたいです」

そういう李花の声に、

――ずうーっと、年の離れた妹がいたら……こんな感じかな。

と思う美希だった。遠い昔、こんな店に、実際にはいない妹を連れて、買い物に来たような気になる。

耳、舌に続いて、目まで楽しませてもらった。

## 7

暑かった日々、編集部への頂き物の果物が、働く者へのご褒美になった。

「今年は、さくらんぼの当たり年だねえ」

と、百合原編集長。夏は、毎日のように食べていた。紙コップに分けて配られたのを、皆でパクパクいただいた。

「うーん。さくらんぼを日々、食べられるなんて、とっても贅沢です」

李花は、そういいながら、さらに小分けしている。

「リカちゃん、半分、お持ち帰り?」

「はい。うちでも、楽しみます」

社会人になると同時に、一人暮らしを始めた新人の李花、家事にも奮闘中。

美希にもそういう日々があった。慣れないことは疲れる。持ち帰りの仕事と家のあれこれの合間に、ちょこっとつまむさくらんぼが元気のもととなるのだ。

そうやって夏を乗り切った新人は、次第に様々の経験をする。紀伊半島の東側をひたすら北上する取材があった。リカちゃん初めての泊まりがけ出張だった。文芸編集部の若手として、文学賞贈呈式の正賞副賞の乗ったお盆を持つ役もした。

さらに、そろそろ編集部員として、担当作家も何人か決めねばならない。

大物だが、村山富美男先生は、いたって人柄がいい。何より、締め切り問題で困らされることがない。作家さんの中には、

——俺は、何日まで延ばした。

——いや、俺はさらに——。

と、武勇伝を語る人もいると聞く……風の噂に。村山先生なら、その点は大丈夫。新人を困らせたりはしないだろう。若手作家からベテランまで、片寄りなく何人か担当するわけだが、その一方の人として最適だ。

まず、新年号のエッセイを担当させ、現在進行中の連載の第二部から、担当をゆずることになるかな——と思う美希だった。

先生が文宝出版に来ている時、とりあえずの顔合わせをした。一階ロビーの横に入ったところに、広い応接用の部屋がある。何組もの椅子とテーブルが、ゆったりと並んでいる。

「こちら、今度入りました柴田です」

と、紹介する。先生は、きらりと眼鏡を光らせ、

「あ、そう。——守備は、どこが出来るのかな?」

多趣味の先生だが、代表的なのはギターとソフトボール。後者では、作家チームの重鎮だ。こちらは、相手がいないとできない。若手編集者を見ると、

――おいで、おいで。

と、その世界に引き込もうとする。しかしながら、このところしばらくは、それも開店休業状態。とりあえず条件反射のように、いってみただけだ。

李花は二人の打ち合わせの脇に座り、まずは様子を観察。終わったところで、美希が切り出す。

「ところで先生、来年は司馬遼太郎先生、池波正太郎先生の、生誕百年になります」

「ああ、そうか。僕は、まだだよ」

「はい」

「早いものだ。生誕九十年の時、どこかの雑誌のグラビアに、司馬先生から池波先生への葉書や手紙が載った。同じ道を行くお二人の、気持ちのいいやり取りだった。繋がりが、ひと目で分かった。――あれはよかったなあ」

そういわれても、同じ企画は立てられない。

「えーと。そこでなんですが、以前、先生からうかがいました。――池波正太郎は落語好きだった――と」

「そうだっけ」

と、口を撫でる。村山先生の趣味といえば、落語もそうなのだ。小学生の時、体育館で一席

やり、大いに受けたというのだから年季が入っている。

「確か、名人八代目桂文楽の名前が出て来ました」

古今亭志ん朝について問題になった時だ。先生が、話の引き出しから取り出した。今日は、その続編のように、

「そうそう、池波先生は文楽が好きだったからなあ。——何しろ生まれ育ちが東京、それも浅草だ。テレビのない戦前には、東京のあちこちに寄席があったんだ。庶民にとって、ごく普通の娯楽だった。池波先生はそこに、子供の頃から顔を出していた。高座のすぐ下に座って、《よかちょろ演《や》って》と注文を出した」

「『よかちょろ』？」

「そういう噺があるんだよ。立川談志も、文楽の『よかちょろ』が大好きだった。何というか、まあ、粋な噺だな。——文楽は高座から、そんな《ませたことをいうと、お母さんに叱られますよ》と応じた」

なるほど、そういう噺か。しかし、池波少年は《よかちょろ演って》と続ける。大人の客が喜んで《演ってやれ、演ってやれ》。《それでは……》となった。

「——そこでいった、桂文楽の言葉が実にいいんだな」

「どういう？」

「《坊や。耳をふさいでおききなさいよ》」

# 8

はるかな昔、東京の寄席で、名人文楽と少年池波の間に、そういうやり取りがあったのだ。

美希はあとで確認した。『小説の散歩みち』というエッセイ集にある「桂文楽のおもい出」が出典だった。

「先生も池波先生も落語好き。お得意の分野です。そこにからめて何か――池波先生のことを、書いていただけませんか」

「うーん、そういわれてもなあ」

「エッセイでなくても、無論、小説でも」

「お菓子でなくてもパン、か」

交渉は、押したり引いたりだ。そこからはしばらく雑談になり、自然、李花と二人、この夏に池波作品『白浪看板』を聴きに行った――という話になる。

先生は、首を突き出すような形になり、

「……朗読かい？」

――おっ、魚が針にかかるかな。

という気になった美希は、

「そうです、そうです」

「僕は、三遊亭圓生《えんしょう》で聴いているぞ」

意外な人物の名前が出て来た。落語家だ。

「圓生……っていうのも名人ですよね」

先生は頷き、

「ああ。戦後は文楽、志ん生がいなくなると、落語界のトップを走るのは圓生になったなあ。亡くなられてみると、生で聞けたのが貴重な体験だった」

「そういう人が、『白浪看板』を朗読したんですか」

先生は、手を横に振った。

「『鬼平』の朗読は、いろいろ出ている。落語家でいえば、古今亭志ん朝も読んでいる。放送劇風にしたCDもある。――しかし、これは、ちょっとばかり違うんだな」

先生は、そこで李花に向かって、

「落語って分かる？　聞いたことあるかな」

「いえ。ぼんやりとは分かりますけど……ちゃんとは……」

「落語には一般的に、面白おかしく笑わせる――というイメージがあるね」

「はい」

「しかし、真打ちともなれば、人情の機微をじっくり聞かせる噺もできないといけない。それでこその真打ちだ。主眼が笑いではないのが、いわゆる人情話。――古典の名作がいくつもある。圓生は、そこに、新しい作品を加えようと、いろいろ試みた。代表的な成功例が、劇作家として知られる宇野信夫の『江戸の夢』だ。元々は、名優中の名優といわれた、六代目尾上菊五郎と初代中村吉右衛門が演じた芝居だ。圓生は、それを高座で、一人で語る噺として練り上げ、完璧なものに仕上げた。――素晴らしかったよ」

「お聴きになったんですか」

と、美希。先生は、首をすくめ、

「生で向かい合わなかったのが、お恥ずかしい。深夜のテレビで、出会ったんだ。もう四十年以上前になる。ぐいぐい引きこまれた。結びの言葉を聴いた時には、ほうっと感嘆の息をついた」

美希は李花と、思わず、顔を見合わせた。それほどのものだったのか。

「落語研究会で収録されたものだった。――京須偕充《きょうすともみつ》さんという人がいる。ソニー・ミュージックの学芸プロデューサー時代に、『圓生百席』という記念碑的録音を完成させた。貴重な芸の記録だ。昭和落語界が後世に残した大いなる遺産といえる。――その京須さんが、この噺『江戸の夢』が語られた夜、原作者と一緒に、国立劇場の客席にいたんだ。終わったあとの宇野信夫の反応を、京須さんが書き残している」

目撃者は語る、といった感じだ。

「何ていったんです、宇野さん?」

「――六代目と吉右衛門の舞台より、こちらの方が上だ」

「おー」

「今の人には、この言葉の重さが、分からないだろう。芝居の神様みたいな二人より――というんだ。最大限の評価だよ」

こうなると、名人圓生の、語りへの期待が高まる。

「……『白浪看板』も、テレビでご覧になったんですか。それとも、何かの会で？」

「いやいや、こちらは長いこと、幻の演目だった」

9

「『江戸の夢』と出会う十年も前、つまり今から半世紀も昔のことだ。社会人になって、多少、お金が自由になった。僕もまだ若かった。落語が好きだった。子供がお菓子屋に入ったように、あれもこれも味わいたくなる。寄席に行っても、巡り会える噺は限られている。手っ取り早く、お目当てを、これと選んで聴けるのはレコードだ」

「CDは、まだなかったんですね」

「そりゃそうだ。――当時、何のレコードでも揃う大型店は数少なかった。秋葉原の石丸電気の売り場が充実していた。クラシックもジャズも、落語もね。週末になるとそこに行って、宝物を選ぶように買っていた。レコードを入れてくれる、袋の絵の描き手が和田誠さんだった。ベートーベンやモーツァルト、ビートルズなんかの似顔絵が並んでいた。写真より似ていたんだな、これが」

「会ったことないでしょう?」

「ないけど、似てると思えるんだよ。大型の黄色い袋に、レコードを入れて帰る。そうやって、名人たちの芸に接した。そのうち、思いがけないレコードに出会った。『圓生名作噺』というシリーズだ。演目が『高瀬舟』や『地獄変』と書いてある」

「森鷗外や芥川ですね」

「うん。文芸作品を圓生流に語っているんだ——とは分かる。興味はあった。しかしそちらは、いうなれば脇道だ。レコードは貴重品。当たり前だが、音楽もあれこれ買うわけだ。揃えるには優先順位がある。圓生のものでも、まだ聴いたことのない、本来の落語が先になる」

「分かりますね」

「いつの間にか、『名作噺』の姿を見かけなくなった。となると、旅先で買い逃したおみやげのように気になった。中に、確か——『白浪看板』というのがあった」

「なるほど」

変わった題だから、印象に残ったのだ。

「やがて、二十世紀から二十一世紀へと時の車輪が回る——がったん」

「おおげさですね」

「ある日、新聞を開いたら、CDセット販売広告が載っていた。『六代目三遊亭圓生の世界』という、かなりの大型企画だ。演目リストを見ると、何と『高瀬舟』『地獄変』から、岡本綺堂の『権十郎の芝居』、そして池波正太郎の『白浪看板』などなど、『名作噺』の録音がずらりと並んでいる。――青春の忘れものだ」

「よかったですねえ」

喜んでいる先生の顔が見えるようだ。

「すぐに注文したよ。釣り落とした魚が手に入ったわけだ」

「どうでした、――魚の味は」

「まあ、こちらとしては、『江戸の夢』の……それこそ、夢よもう一度という思いだったが、そうも行かなかったな。落語は、台詞のやり取りで噺を進めて行く。『江戸の夢』は元が芝居だから、無理がない。――『名作噺』の原作は、小説が多い。さらにいうなら、多くの文芸ものが、演芸作家の《鈴木みちを脚色》となっている。《三遊亭圓生脚色》という例が少ない。やはり、圓生自身の工夫を聴きたいなあ、と思ってしまう。……しかし、その点でね、『白浪看板』だけは違っていたんだよ」

## 10

「といいますと?」

先生は、楽しむように間を取り、

「……これがね、何と《池波正太郎作／脚色》と書いてあったんだ」

「へえー、池波先生自ら――ですか」

「落語好きの先生だ。作品を高座にかけられるとなったら、自分で筆をとるのが、むしろ自然だ。語られるなら、こういう風に——という思いは、当然、あるだろう」

「——落語化したのが池波先生ご本人なら、そこで小説とは別の、もうひとつの『白浪看板』が生まれたことになりますね」

先生は、腕を組み、

「額面通りならね。しかし、悩ましいことに、噺というのは生き物だ。脚色されたものを渡されたとしても、今度は圓生の方で、自分なら、ここはこう語りたい——というところが出て来るだろう」

その二人。池波正太郎も三遊亭圓生も今はいない。時の彼方にいる。どういう経過を経て完成形になったのか、聞いて確かめることができない。

「違いがあるんですか、小説と噺で」

先生は、くすぐったいような妙な顔をした。そして、ゆっくりといった。

「いい機会だ。……そのあたりを、まず君たちの耳で聴いてもらおうかな。CDを貸そう。二人がどう思うか、聞いてみたい」

望むところだ。原作を読み、朗読も聴いた美希が、もうひとつの形もある——と知ったのだ。好奇心にかられる。かられずにはいられない。

村山先生のお住まいは、都心のマンション。幸い、次の仕事に向かう道筋から、そんなに離れていない。善は急げで、寄らせていただき、夜にはそのCDを聴くことができた。

## 11

東芝EMIのCD十八枚組セットの一枚と、分厚い解説書、――さらに参考として、話に出ていた『江戸の夢』のDVDもまた、別のところから抜き出し、貸してくださった。こちらはTBS、ソニー・ミュージックの『落語研究会　六代目三遊亭圓生全集　下』の一枚。――ちなみに、この『全集』の監修は、名前の出ていた京須偕充さんだった。

さて、圓生版『白浪看板』は、主人公、夜兎の角右衛門が、泥棒稼業のあり方について、胸を張って語るところから始まる。鳴り物も入り、歌舞伎の舞台を見るようだ。

あとは普通の調子になり、宿屋の軒下に捨てられていた赤子を、一味の先代、角五郎が引き取る場面になる。話芸の妙で、このあたり、まことに生き生きと描かれている。

以下は北原さんの朗読のように、つまり原作通り、物語は進行する。

鰻を御馳走になった女乞食おこうは、身の上を語る。そこから、物語は思いがけない展開を見せ、角右衛門は、もはや稼業を続けられない――と思う。

名乗って出た角右衛門に向かい、鬼平――長谷川平蔵はいう。

お前の看板の中身は、みんな盗人の見栄だ、虚栄というやつよ。

ところが、圓生の語る『白浪看板』ではこうなっている。解説書についている、速記リライトを引く。

その方自慢の金看板は、中身はたわいもなきベニヤ板じゃ。


驚いてしまった。

……ベニヤ板？

江戸の物語には、似合わない言葉だ。お借りしたものは、次に李花に回した。

「どうだった？」

李花もまず、《ベニヤ板》への違和感をあげた。

「変ですよね、江戸時代の雰囲気が、あそこで崩れてしまった」

「物語のキー・ポイントだからね。考えずに入れたはずはないよ。意識して……としか思えないけど」

二人で、首をひねる。

「『白浪看板』落語版の成り立ちについて、何か書いてあるかと思って、解説書を見ました。でも、何の説明もありませんでしたね」

「そうそう」

CD十八枚という大部のものであり、内容の速記を載せるだけでも精一杯だったろう。その上に、圓生のエッセイまで五編収録してあるのだ。

「元のレコードには、何か書いてあるんじゃないですか？」

「ああ、そうか」

考えられる。

百合原編集長の、亡くなられた義理のお父さんは、落語ファンだった。かなりの数のレコードを持っていた。コレクションが、千葉のお宅にほとんど残っている――という話を、以前、聞いた。

編集長を通して、義理のお母さんに調べてもらったが、残念、こちらも、いわゆる圓生落語の名演こそあったが、文芸ものまではなかった――という。

調べものは、編集者の大事な仕事のひとつだ。呼び名こそ、リカちゃんとやさしげだが、ここで李花が執念を見せた。

ネット検索と足を使った。『白浪看板』の入っている『圓生名作噺　第一集』のレコードを収蔵している図書館を見つけ、行って来た。

「どうだった？」

「ありましたよ、ありましたよ。レコードジャケットの表紙で、圓生さんがにこりと微笑んでました。――よく来たね、といってくれました」

それはよかった。

「で、――何か書いてあった？」

「『白浪看板』について、簡単なコメントはありました。《昭和四十一年に人情噺としてあたくしが口演いたしました》――と」

まだ『鬼平犯科帳』が、シリーズとして書かれる以前だ。『鬼平』人気に乗ったのではなく、ひとつの短編として選ばれたことになる。

李花は続けて、

「それに今回、《音楽と擬音》を加えたといっています。よかったか悪かったかの判断は、《お聞き下さるみなさまの方でおつけくださること》だと、圓生さん、それぐらいしか、いってませんでした」

「リカちゃんは、どう思う？」

「《音楽と擬音》ですか？　わたしには逆効果のように思えました。例えば、《えっ》といったらそれで十分なのに、重ねて、驚きの音楽が入る。せっかくの話術の邪魔になっているようでした」

「うーん。わたしも、そんな感じがしたなあ」

感想を、村山先生に伝えると、思いがけない提案があった。

「池波先生がらみのことだ。誌面に出せるかどうかは分からないけれど、どうだろう、京須さんをお招きして、さらには『白浪看板』を語っているという北原久仁香さんと僕の三人で、鼎談をするのは」

「ほ？」

「きっかけがないと、こういう話は聞けない。流れがそちらに向かった、今この時、記録をとっておくのは、意味のあることだ――と思うんだ」

## 12

全くその通り。美希のやって来たバスケットボールでもそうだ。ここぞというチャンスを逃したら、勝利の女神は、あっさり背中を見せてしまう。

北原さんの名刺はいただいていた。京須さんは、すでに何冊も本を出していらっしゃる。連絡先はすぐに分かる。それぞれ、ご快諾をいただき、十月の初めに『白浪看板』のことを中心に、あれこれお話をうかがえることになった。

十月――といえば、李花にとっては特別な月だ。その一日から、めでたく本採用となる。それを祝して、美希がランチに誘った。食事が来るのを待ちながら、

「どう？」

と聞くと、

「頑張るぞ、という思いと、新人の一年がもう半分終わったのか……という焦りを感じます」

「なるほど」

李花は、長い睫毛を動かし、

「……でも、セレモニーなんかないんですね、何にも」

「というと?」

「いえ、パソコン上で辞令を確認することはできたんです。だけど、それだけで。……偉い人のところに呼ばれて、いわれるのか、それとも何か、賞状みたいなもの、渡されるのか、と身構えていたんです」

「おやおや」

ランチは、チキンソテーにサフランライス、ミニサラダ付きだ。

「何もないんで、思わず役員の方に、《あのー、わたし、本当に本採用になったんでしょうか?》と聞いてしまいました」

「昔は、食事会とかやってくれたんだけどね」

「そうなんですか……」

ぐすーん、という表情の李花に、

「元気出してね。デザートは、ガトーショコラ、ピスタチオアイス添えでどうだい」

ぱっと、李花の顔がほころんだ。

その李花の、本採用となって初めての仕事が、今回の件——鼎談の準備になった。

先生から、ひとつ注文があった。

「初めに、DVDを再生して見られるようにしてくれないかな」

李花が、『白浪看板』の映像があるのかと思って聞くと、

「いやあ、それはどこにもないと思うよ」

「では、何を……」

「京須さんは、多くの貴重な録音を残してくださった。数あるその中でも『圓生百席』は、最も初期のものだ。思い入れはひとしおだろう」

頷く李花。

「――名人の芸を残す大型企画だ。完成は大きな話題になった。歌謡曲では『津軽海峡・冬景色』が流行り、アメリカからは映画『ロッキー』のやってきた昭和五十二年。秋となって十月の三日、その最後の録音が終わった」

妙に詳しい。歌や映画をあげてくれた。どういう頃か、調べておいてくれたのだろう。しかし残念、生まれるはるか前の李花には、伝わらない。

「――そのことが、ＮＨＫの、夜のニュースで流れたんだ」

美希が驚き、

「ニュース？　すると……」

先生は、うれしげに目を細め、

「そうなんだ、録画しといたんだ」

「……そんな昔に、ＤＶＤなんかあったんですか？」

「ない。しかし、ビデオならベータ方式か、ＶＨＳ方式かという、激しい販売競争の行われていた頃だ」

ちんぷんかんぷん。どうやら先生は、かなり早い時期から家庭用ビデオデッキを持っていた

らしい。ニュースで、『百席』完成が報じられると知り、

――こりゃ、歴史的映像だぞ！

と録《と》っておいた。それを後で、ＤＶＤにダビングし直したのだ。

「……マニアですねえ」

「鼎談の最初にお見せしたら、いいオープニングになると思うんだ」

13

京須さんの著書『圓生の録音室』は、中公文庫を経て、ちくま文庫に入っている。美希はそれを開いて予習した。なるほど、書いてあった。

　この最後のスタジオには、ＮＨＫのニュース・ワイド番組『ニュースセンター９時』の取材が入り、「三遊亭圓生、レコード百席を完成」のニュースは全国に流れたのである。

　さて、遠い一九七七年には『圓生百席』最後の収録があったという十月初め、先生の計画通り、三人が集まった。

　場所は文宝出版の一室、先生が司会進行役となる。美希と李花は、ＤＶＤの再生や、会話の録音をする。

まず、それぞれの簡単な紹介。朗読会の袴姿が目に残る北原久仁香さんだが、今日は、立ち襟、松葉色の半袖に、黒のパンツ。和から洋にかわっても、やはりきりりとしている。

挨拶が終わってから、先生持参の映像が披露された。四十年以上前のものだ。

スタジオ入りしようとする圓生にマイクが向けられ、《レコードの時でも、着物に着替えるんですか》という、ちょっとびっくりな質問がされる。まさか、洋服では語れないだろう。老若男女、あらゆる人が見る放送には、これでいいのかも知れない。

声を整えながら、スタジオに入る圓生。

収録が終わり、録音室の眼鏡の人が立ち上がり、一礼する。

「はい。どうも、長いこと、ご苦労さまでした」

冷静沈着な感じの方だ。その後に、打ち合わせの場面もちらりと入る。

「声が、あの、二度目のやり直しですね、少し悪くなりましたが、全体の流れは二度目の方がいいような……」

若き日の京須さんなのだろう。圓生へのインタビューで映像が終わる。

先生は、いささか自慢げに、

「今は昔ですが、これを録っておいたんですよ。まさに《圓生の録音室》です。――懐かしくないですか？」

ところが京須さん、あっさり、

「いや、全然、懐かしくない」

「あ……。そうですか」

たじたじとなる先生を見て、美希は、ちょっと面白くなった。

「どこのスタジオも同じですから」

「はあ……」

さて、どういう鼎談になるだろう。先生は矛先を北原さんに向け、

「『白浪看板』を、朗読で取り上げていらっしゃいますね」

「はい。初演は、十年ぐらい前になります」

「これを、選んだポイントというのは、どの辺になるのでしょう」

「池波正太郎の語り口ですね。池波さんの文章は体に入るほど心地よくて、油断すると酔っ払います。そこを引き締めて、真っすぐに、真摯《しんし》に語りたい。新鮮さを忘れたくないです。――登場人物では、おこうに、とても魅かれました。好き過ぎて、自分になってしまう。器の大きい作者や、登場人物に少しでも近づきたい――という思いです」

「これからも、続けて語りたい演目なのですね」

「はい。語り続けて、自分もそれにかなう成長を遂げたいです」

北原さんには資料をお送りしてある。無論、圓生の『白浪看板』も。そこで、

「三遊亭圓生は、ご存じでしたか」

「今回が出会い……といってもも過言ではありません」

北原さんから見れば、かなり過去の人になる。無理はない。

14

先生は、京須さんに、

「『白浪看板』のレコードには、すでに昭和四十一年、これを人情噺として口演している――と書かれているそうです。――新人物往来社から出た『日本人の芸談』という本があります。編者が福本義典《よしのり》さん――この人は紹介文を読むとNHKのアナウンサーで、大河ドラマ『新・平家物語』のナレーターもやっていたんですね――この福島さんが『白浪看板』を、《「東京落語会」でしばしば見せる野心作》のひとつにあげているんです。――つまり、この噺はスタジオ録音だけではなく、高座でも演じていたわけですね」

京須さんは頷き、

「その頃は、NHKとTBSが中心で、新しい古典落語を作ろうという動きがありました。『白浪看板』も、東京落語会のプログラムに載ってましたね。載ったということは、やったということです」

「宇野信夫の『江戸の夢』の場合は、圓生さんが時間をかけてつけたサゲが見事で、原作者にも非常に喜ばれていますね。それを考えると『白浪看板』にも、相当、圓生さんの創意が入っているように思えますが」

「その頃にはお付き合いがなかったので、何ともいえませんが、『白浪看板』をやったのは、

ＮＨＫの注文のようにも思えます。というのはね、あの頃、ＮＨＫは、圓生、正蔵、柳橋《りゅうきょう》など、頼める人には、東京落語会で新作をやってもらっていたんです。放送のためです。……はたして面白かったかは疑問です。初演で出来がよかったのかどうかはね。――圓生さんの『白浪看板』は、そういう中で、何というか、中心の作品のように思われてましたね」

「はあ」

「ＮＨＫが、東京落語会の記録みたいなものを、今から、二十五年か三十年前に出している。そこにはね、圓生さんがふた月続けて『白浪看板』をやってることになってるんですよ。そんな馬鹿な話はない。確かめようはないんですが、圓生さんは、その時、東宝の芝居に出てたんで、勉強ができないからＮＨＫに頼んで、翌月にやらせてもらった――と書いている。その月は、『お化け長屋』をやったと、いうんです。記録上は、二度。しかし確かに、一度はやっているはずです。――池波正太郎の作品を、いい加減なやり方では出来ない――という決意が感じられます。レコードにしているのですから、気に入っていたんじゃないですか」

「池波先生は、どれくらい脚色にかかわったかは――」

「それは分かりません。ただ圓生さんが、池波先生と膝をつきあわせてやった――とも思えませんね」

15

先生は、北原さんに、

「僕は、あの中の、《ベニヤ板》というのに違和感がありました。北原さんはいかがでしたか」

「はい。もしくは、……腑に落ちない、といった感覚でしょうか」

そうなのだ――と、美希も頷く。なぜ、ここにこの言葉が――と、首をかしげたくなるのだ。

先生は、

「そのあたりが朗読と噺の違いですね。創意ともいえる。朗読の場合は、原作通りに読む。『白浪看板』には《先代が死んだときから、角右衛門は、白兎を染めぬいた揃いのコスチュウムを廃止することにした》という一節があります。――時代小説の中の《コスチュウム》という言葉に、抵抗はありませんでしたか」

「はい。これは池波先生の語りの調子で、《コスチュウム》という音感にユーモアがあるように感じました。《コスチュウム》を脱いでも《白兎》は角右衛門の背中に染み付いている――という感覚が、自分の中にすとんと落ちました」

先生は、にこりとし、

「僕もそう思います。地の文には、作者の顔が出る。小説の場合、普通の形です。教科書にも載るような有名なところでは、芥川龍之介の『羅生門』。

その上、今日の空模様も少なからず、この平安朝の下人の Sentimentalisme に影響した。

また、森鷗外の『高瀬舟』には、
庄兵衛の心のうちには、いろいろに考えてみた末に、自分より上のものの判断に任すほかないという念、オオトリテエに従うほかないという念が生じた。

といった一節があります。こういう風に、地の文なら、作者の言葉として、すんなり読めます」

北原さんが、頷く。

「しかし、登場人物は現代人ではない。平安朝の下人が《Sentimentalisme》といったら、これはおかしい。かといって、その時代の言葉そのままでしゃべったら、今とあまりに違い過ぎる。不自然になってしまう。それらしくあればいいのですが、――しかし、鬼平が《ベニヤ板》というのは引っ掛かる」

「はい」

「実は原作のこの部分の、《お前の看板の中身は、みんな盗人の見栄だ、虚栄というやつよ》の《虚栄》も、僕にはちょっと気になります」

京須さんも、

「それはないでしょうね」

と、応じた。

「『白浪看板』は、最近も『鬼平外伝　夜兎の角右衛門』として映像化されました。金子成人さんの脚本ですが、それでは、鬼平自身ではありませんが、別の人物の台詞として、《見栄だ、飾りだ。意地はってるだけの飾りなんだよ》と、いい換えています。《飾り》になっている」

いわれてみれば《虚栄》は明治以降の感じがする。

「無論、時代小説では江戸語でしゃべる――というわけではありません。これは池波先生の使いたい言葉です。問題はない。しかし一方、噺の方で、名詞の《ベニヤ板》が出て来るのはどうか。これは意図して、ずらしているように思えます。――随分昔、ふらりと入った店でカセットテープを見ていたら、圓生さんの『紫檀楼古木《したんろうふるき》』があった。その頃はまだ、聴いたことのない噺でした。珍しいと思って買いました。紫檀楼古木というのは、有名な狂歌師だった。そこで、びっくりする言葉が出て来ました。この音は、集英社文庫の『圓生古典落語　4』に、文字の形で入っています。――あの人は、大変な方ですよ、というのを《赤軍派かなにかで？》と受ける。大爆笑です。古典落語の巨匠が《赤軍派》。驚きました。そう思うと、《ベニヤ板》は圓生さんの意図のようにも思えるのですが」

「そういう、たった一瞬だけのギャグというのは、みんなやってますよ。どうせやるなら、もっとモダンなものにしろといいたいくらいです」

「おお」

# 16

目を見開いた先生だが、続けて、

「――ただ、人情噺として見た時には、これが、そこまでの流れを壊しているように思えます。落語の場合は、最後に落ちがつく。名作『江戸の夢』の場合は、そのサゲが作品世界と見事に融合している」

先生は『圓生の録音室』を取り出し、

「京須さんも、こう書かれている。


簡潔で多くの余白を残し、この作品に何よりも大切な心理的余韻をいっそう大きくしている。サゲとは、奇抜、意外性をもって必ずしもよしとはしない。妙にキマッたサゲが噺の人間空間を空々しくしてしまうこともあるからだ。

作者はこのサゲをとても称讃した。作品を損わず、作品から浮くこともなく、噺全体を静かに語り納める。これこそが経験豊富な演者の生み出すサゲだと。


全く、その通りだと思います。京須さんは、国立劇場で『江戸の夢』を聴いた原作者、宇野信夫の言葉を、書いていらっしゃいますね。《菊五郎吉右衛門の芝居に優る、とまで言い切った》と」

「あるがままに、書きました。終わった後、車でご一緒しました。乗ってきなよ、といわれて、電車で帰ります、ともいいにくくて」

「宇野信夫語る。――それもまた、名場面ですね」

「はい。――宇野さんも圓生さんも、互いにリスペクトしあっていましたね」

名作であるだけに、『江戸の夢』の筋を簡単に述べるわけにはいかない。いや、許されない。

北原さんが、

「わたしも、大変よいものと思いますが、どうしてああいうタイトルなのでしょう」

それは考えなかった。京須さんは、

「質問したことはないけれど、あの婿はもう江戸に帰れない。鞠子《まりこ》の宿で生涯を送る。その思いを一言もいわずに、父が受け止める。そういう意味での『江戸の夢』ではないでしょうか」

なるほど――と思う。噺を知らない人には、もどかしいだろうが、これは映像を観て味わうべきものだ。未見の方には、いつか観られる機会の訪れることを願うばかりだ。

先生が、

「あれには原話があって、元々は秋田のことなんですね。戯曲では、それを駿河に持っていった。まことにうまいと思います」

「宇野さんは書き割りを作るのが、大変、お上手で。――お上手なんていうと失礼ですけど」

書き割りとは大道具の、背景のことだ。いい言葉だなあ、と感心する。

「比べてはなんですが、『白浪看板』の最後の方には、凶賊くちなわの平十郎と角右衛門を対比させ、蛇と兎に譬《たと》えるところがあります。これがサゲのようになっていて、噺を小さくしてしまう。効果的ではない。――途中までは、さすがの語りで聴かせるだけに残念です」

## 17

「――『圓生百席』は、芸の記録として、素晴らしいお仕事と思います。大きな企画なので、大変だったのでは？」

「受け入れてくれる偉い人がいて、ぽんと判子をついてくれました。圓生さんは、年齢のこともあり、ライブで多くの演目を録るのは無理でした。スタジオで――というのはわたしが一人で決めました。落語に、詳しい人はいなかった。――詳しがる人はいましたけどね」

「そういう人がいると、やりにくいですか」

「いや、生半可《なまはんか》、知ってる人がいた方がいい。はぐらかしているうちに百枚になっちゃう。ペテン師です」

北原さんが、

「圓生さんは、高座でお茶を飲みます。今、寄席に行くと、そういう人はあまりいません。圓生さんの場合、ひとつひとつの動作が絵になっているな――と思うんですが」

そう聞くと、京須さんは、

「東横落語会、それから三越落語会。この二つの落語会は、演者の下手《しもて》に接して、火鉢があったんです。それは冬の暖房の、形だけを残してるんです。鉄瓶が乗っていました。昔は、その鉄瓶のお湯を、演者が自分で茶碗に注いだ。――それをただ一人、やってくれたのが圓生さんでした。枕を言いながら、湯飲みに注いで、その間も、よどみなく話し続けた。さすがに、会話の部分ではしませんでしたがね。地のところでは、そうしていた」

「お湯ですか」

「白湯《さゆ》だそうですね。――文楽さんも志ん生さんもやらなかった。圓生さんだけです。聞いてみたら、――あたしは子供のうちからやってるから、というお返事でした。そこで間が狂う心配がないんです。度胸がある。わたしは、それを見るのが楽しみでした。――あの人は腕が長いから、形がいいんです。こうやった時、袂《たもと》が四角くなって――何ともいい形でした」

「乾燥していることが多いし、湯気が出るのもいいんでしょうね」

「しかし、鉄瓶の蓋がぱたぱたしてはいけません。そうならないように、前座が調整する。東横や三越にあった火鉢も、いつの間にか置かれなくなりました。……昭和四十年頃まではありましたねえ」

京須さんは、当時を懐かしむ目になり、

「今はそれがないから、茶碗から飲む。……小三治さんは、四十代から飲みましたね。あの人は、湯飲みにジュースを入れていたことがある。コーラだとむせちゃう。今日は、これを試してみよう、なんてやってましたね。――あの人の芸は、しばらく黙っていたりしたから、それができた。――圓生さんのようによどみなくしゃべりながらは、なかなかできません」

「昔は、寄席に火鉢があったんですね」

「ずっと昔はね。どうしてなくなったんですか――と、圓生さんに聞いたことがあります。明治大正の半ばまではこうだった。ところが漫才や曲芸などの立ち芸が増えて、それで火鉢がなくなったということでした。火鉢を蹴飛ばしたりしたら、具合が悪いですからね。そういう仕草、挙動も芸だったんですね」

「噺が体にしみついていて、自然に流れていたんですね」

「そう。作りものじゃない。――ずっと先輩の三代目の柳家小さんの場合は、自然体といいますか、日常生活の中でのように話をする。わたしが子供の頃、おじいさんが、――火に当たっておいでよ、どうしたんだい近頃は、っていうような会話があった。そういうところから落語が始まる。作り物じゃない。自然なんです。――圓生さんは技巧があったから、作り物の名手のように思われていたけれど、そうじゃあないんです」

18

いい話が、いろいろとうかがえた。

自分だけでは勿体ない。美希は、いかにもこういうことの好きそうな父に、ことの顚末を伝えた。するとたちまち、あれもこれもと資料を請求して来た。

鼎談から、二週間ばかり経った土曜の夕方、中野の実家に帰った。うちの中が、中途半端に片付いている。正確にいえば、片づけの途中だ。

「どうしたの」

というと、母が、

「まず最初にね、水道の栓の締まりが悪くなって、それから食器洗い器がいうことを聞かなくなったの。思えば、障子の動きが悪いところもある、あそこもここも——ということで、ちょっとばかり、リフォームすることになったのよ」

「経年劣化だね。うちも年をとるからねえ」

「うーん。……そういわれても仕方ないけどね」

と、いささか不満そうな母である。

「《うちは》——とも、いえないでしょう。リフォームか。それで、片しているのね」

「業者さんの通り道とか、ちゃんとしないといけないからねえ」

「お父さんも、ちゃんとやってる?」

そこへ、父が顔を見せ、

「ミコ。見せたいものがある」

右手に本、左手にCDを持っている。

「何よ、《白浪》問題?」

「そうだそうだ。待っていたぞ」

はたして、片づけの戦力になっているのだろうか。

「藪から棒を出すみたいに、いきなり、そんなもの出さないで」

母にたしなめられ、やり取りは食事のあと――ということになった。

おあずけ状態のワンちゃんのようになっていた父は、お茶まですむと、いよいよ、その時を迎える。

まず、意外なところから切り込んで来る。

「ミコも出版社に勤めている。各社が、それぞれ自分のところの目録を作っている。しかし、並べてみた時、飛び抜けて美しいのが、『春陽堂書店発行図書総目録』じゃないかな」

「ほ？」

わけが分からない。

「その表紙がこれだ」

と、取り出したのは復刻本だ。

「夏目漱石？」

「ああ。明治四十三年、春陽堂から出た『四篇』だ。『文鳥』や『夢十夜』などが収められている。どうだ」

落ち着いた山吹色や鶯色で、花や植物の連続模様が描かれ、上部では兎が跳ねている。

「すごくいい……」

「だろう？　春陽堂書店は、自社の目録の表紙に、これをそのまま使った。伝統を、そこに見せたわけだ」

「うーん、真似したいもんだね」

「描いたのは橋口五葉《ごよう》。洋画家、版画家であり、優れたデザイナーだ。『吾輩は猫である』の上篇から始まって、数々の漱石本の装丁を手掛けている。――こちらも、そうだ」

と、今度は『虞美人草《ぐびじんそう》』の復刻本を取り出す。

「うわあ。見事だね」

虞美人草とはヒナゲシ。それが表紙に、華やかに咲いている。

「当時の大流行小説だ。現代の我々が思うような、いかめしい文豪夏目漱石先生の作品――ではなかった。何しろ、三越が、この新聞連載にあわせて、虞美人草の浴衣地を売り出したくらいだ。大人気コミックの、関連グッズが出るようなものだ」

「へえー」

「登場人物中では、誇り高い近代的美女、藤尾さんに人気が集まった。ほかの日本的で控えめな女とは正反対の存在だ。――この藤尾が、物語の最後で死んでしまう」

「おお」

「で、その場面を語る時、漱石はこう書いている。――《我の女は虚栄の毒を仰いで斃《たお》れた》」

何だか、よく分からない。父は続ける。

「――まあ、これが小説に出て来る《虚栄》の中でも、代表的な例だな」

「あ……」

そう繋がるのか。

## 19

「やはり、《虚栄》という言葉には、江戸より新しい響きがある。『白浪看板』をテレビでやった時、いい換えられたというのは、よく分かる。――しかしまあ、『鬼平犯科帳』の《虚栄》は、その世界の語句なんだな。盗賊の《看板》を語る時の言葉といってもいい」今度は、新しい文庫本を出す。文春文庫の『鬼平犯科帳　11』だ。

「――こちらに面白い短編が入っている。『土蜘蛛の金五郎』。法外に安い飯屋が流行っているという。平蔵は蕎麦屋で、その話を聞く。《飯は食いほうだいで、汁に魚がついて、うめえ漬物《こうこ》のおかわりをしてくれて、それでお前、ここの蕎麦を手《た》ぐるよりも安いんだからね》。しかも、困っている者には裏でただで食べさせている」

「……流行れば流行るほど損をする」

「そういうわけだ。実に不思議な店だ。どうして、そんなことをしているのか。まことに魅力的な謎じゃないか。コナン・ドイルの『赤毛連盟』以来、こういう出だしだと、実はそれが納得の出来るような形で、犯罪に繋がっていたりする」

「うん」

「この話は、そうならない。そこが新しい。いわゆる奇妙な味の小説として、印象に残る」

「何で、そんなことやってたの？」

「慈善事業のようだが、これが『白浪看板』の、犯罪の正当化に繋がる心理――悪人の自己弁護だった。《人なみに善いことをして見たくなるのだ。悪事によって得た金で善事をおこなう。それで、いささか、胸の中がなぐさめられる》」

「なるほど」

「結論として出て来る言葉が《申せば悪党の虚栄なのだ》」

「……………」

ここにも、出て来た。

「要するに、池波にとって、こういう時の《虚栄》は動かせない一語なんだな。いうなれば、池波語だ。作家には、そういう言葉があるものだ。それを味わうのが、池波の読者なんだ」

「分かるなあ」

「小説と映像とは別のものだ。そちらではいい換えられた。これも納得できる」

「うんうん」

「噺の方でのいい換え――《ベニヤ板》だが、これは池波正太郎によるものか、三遊亭圓生によるものか、今となっては分からない」

「そうだね」

「村山先生は、圓生によるものだと考えているんだね」

「そんな感じだったね」

「しかしお父さんは、これが池波正太郎自身によるものでも、おかしくないと思うんだ」

「そうかな」

母が、話し込んでいる二人に、お茶を持って来てくれる。座っていてお茶をだしてもらえると、いかにも実家に帰って来たという気持ちになれる。

父は、香りのよいお茶を、ご隠居さんのように啜り、

「出だしの歌舞伎調の大仰な語り、《ベニヤ板》、最後の《兎》の角右衛門が《蛇》に呑まれるのは当たり前——といったところまで、池波が存分に楽しんでいるようにも思えるんだ」

「楽しんでいる……」

「そうだ。自分の小説を、落語の国に運んで行くのがうれしくてならない——という感じだな。

——池波は、落語が大好きだった」

「そうなんだってね。桂文楽って人のファンだったんだって？」

「そうだそうだ。——で、ここが面白い」

父は、『鬼平犯科帳　11』を再び取り上げ、ぱらぱらとページをめくる。そして、示した。

泥棒たちのやり取りである。


「お前にも、世話をかけたのう。大分に冷や冷やしたろう？」

「はい。なにしろ、お頭……」

「叱《し》っ。声《こい》が高い」

「鮒が安い」

「うふ、ふふ……」

「これが、何か？」

『穴』という短編の一節である。

「ミコには分からないだろうが、ここに池波の、笑い顔が覗いている」

「え？」

「――これは、桂文楽なんだ」

20

「我々の世代で、落語を聴いたことのある人間には、すぐピンと来る。文楽が、どろぼうの噺の枕に使っていた。――料理屋に入って百両盗んだ賊が、腹が減ったから何か食わせろ、という。あなたは盗るのが商売、うちは料理が商売、食べたらお代をください、という。道理だ。承知する。鯉のあらい、鯉こくを食べる。代金は？　と聞くと、百両です。悔しいけれど仕方がない。払って外に出る。待っていた手下が《親分、首尾は？》《しーっ、鯉が高い》」

感嘆する。

「そこから来てるんだ」

「文楽ファンの池波が、楽しんで書いている。分からない人には分からなくていい」

「《うふ、ふふ……》というのは、ある意味、池波自身の笑いなんだね」

「勿論、そうだな。こういう人なんだから、自分の小説が落語になると知った時、四角四面にはやらず、十二分に楽しんだ——遊んだ、というのもあり得る」

「もうひとつの『白浪看板』だね」

そこに、母が立派なピーマンを見せに来る。

「これ、沢山あるから、おみやげに持って行って」

「秋の収穫?」

父は裏庭で、畑とはいえないほどの小さな家庭菜園をやっている。

「そうなんだ。今年は、ピーマンをやってみた。そうしたら、何と大当たり。出来のいいのが、売るほどとれたが——売るわけにもいかない。山ほどあるぞ」

緑の色がつやつやして、目に心地よい。健康によさそうだ。山ほど貰っても、一人暮らしでは使いきれない。

——リカちゃんに、おすそ分けしてやろう。さくらんぼのように、喜んでくれるといいな。

と思う美希だった。すると父は、心の中が見えたように、

「新人の女の子が入ったってね」

「うん」

「その子が、《白浪》と聞いて、『伊勢物語』の歌を暗唱したんだね」

「そうなんだ」

「実は圓生の落語にもそれが――《風吹けば沖つしら浪たつた山》の出てくるのがある」

「えっ」

「ミコからそれを聞いた時、何だかその子が、圓生の登場を予言したように思えた」

不思議なことがあるものだ。

「びっくりだね。何て噺？」

「『洒落小町』。――お松さんの亭主が浮気をして困る。ご隠居さんに相談すると、昔、女房が《風吹けば》――と歌を詠むのを聞いて亭主が浮気をやめた――と教えてくれた。お前に歌は作れないだろうが、駄洒落ならいえるだろう、洒落で亭主の心を引き留めたらどうだ――という」

「駄洒落なら、お父さん、お得意だね」

「まあね。だから、好きな噺だ。ＣＤも買ってある。団子っ鼻、といわれたお松さんが、ダンゴ、ダンゴ、黒猫のダンゴ――と返したりする。昔、『黒ネコのタンゴ』という歌が流行ったんだ」

新しいことが、割り込んで入って来る。

「やるもんだね、圓生さん」

「そのＣＤが、これだが――」

と、父は出して見せた。ビクター落語『六代目　三遊亭圓生　庖丁・洒落小町』。

「そこを聴かせたいわけ？」

「いや。それよりも枕だ。――鼎談会で、圓生がお湯を呑む話になったそうだね」

「うん」

「これは、東横落語会での録音。一九七七年――昭和五十二年一月の高座だ。ちょっと聴いてごらん」

茶の間の正面にテレビがあり、下のデッキでCDがかけられる。出囃子が鳴り、聴き覚えのある圓生の声が流れて来た。

やきもちについての枕が語られる。名人の語り口だ。と、突然、圓生がいった。


何しろ、鉄瓶が遠いんでどうも。


驚いた。客席から、わっと笑いがわく。父は一旦、CDを止めた。

「どうだ」

「お湯を呑もうとしているんだ……」

はるかに遠い、冬の日の、三遊亭圓生の動きが見えるようだった。

「この時は、火鉢の位置が悪かったんだね。おかげで、こんな声が聞ける。確かにその人がそこにいるという気になる。そう思えば、貴重な、ありがたい録音だ」

父は、また再生のスイッチを押した。柔らかく、余裕のある声が茶の間に響いた。

今度、もう少し、こっちの方へやっといてくれると……。噺家が苦労しなきゃあならない。あたくしだけは、このお湯を呑むという、うう、昔はまあ、噺家はみんな、ここでお湯を呑むんでございますが、近頃はもうあまり、お湯を呑む人が少なくなりました、えー、珍しがられたりなんかする……

# 煙草入れと万葉集

# 1

原島博《はらしまひろし》先生は、『小説文宝』に登場する作家中、長老格だ。趣味は古書店巡り。半世紀以上前から、神保町を歩いている。

以前、「松本清張を語る」という対談にご登場いただいた。お手持ちの資料が役立った。『点と線』が掲載された日本交通公社の雑誌、『旅』まで出してくれたのには驚いた。

表紙は、囲炉裏火の燃える居間から庭先を見渡す山の家。雉《きじ》か何かの収穫を提げ、肩に鉄砲をかついだおじさん。その前に猟犬。縁先から手を伸ばし、それを撫でている女性。いかにも、のどかだ。

「今時じゃない眺めですねえ」

といったのは、『小説文宝』の編集者、田川美希。

「ついこの間だよ。――昭和三十二年の二月号」

「……はるか昔ですよ」

表紙には黄色い字で、《新連載小説　松本清張》とうたってある。

巻頭グラビアは「乗物オンパレードの箱根」。毎年新春、美希がミカンを食べながら観戦する箱根駅伝のテレビ中継で、かろうじて耳や目に覚えのある函嶺洞門《かんれいどうもん》を、古めかしいバスがくぐっている。カンレイドウモンという響きだけでも、物語の中のどこかのようだ。今はもう通行禁止、通れるのは脇の新しい道である。タイムマシンの窓から、引退した力士の現役時代を覗いたようだ。

先生はあわてず騒がず、

「応仁の乱よりは最近だよ。ほら、こっちの『旅』は大正十三年。田山花袋《たやまかたい》が書いているぞ」

文学史上の作家名を持ち出されても困る。そんな話をしたのもかなり前のことになったが、この年明け、本年もまた予定されている「清張対談」の打ち合わせをしていたら、別の予期せぬ名前が飛び出した。

「花袋はいいとして――久保田万太郎って、知ってるかい？」

2

先生のお宅にお邪魔し、あれこれ話していた。そこで、こうなった。

この名もまた昔の作家のものだとは、分かる。

「わたしは……俳句を一句、知ってるだけです――《芥川龍之介仏大暑かな》」

「ほう」

「芥川について書かれた本に出て来ました。固有名詞と季語だけで俳句になるんだ！　――と、驚きました。言葉にならず、ただ暑さにくるまれているようです。単純なだけに、友人の死から受けた衝撃が出てる。――それで、久保田万太郎という名前を覚えました」

先生は、うん、と頷き、

「確かに、万太郎の句は――消えずに残るものだな。この間も岩波文庫に、恩田《おんだ》侑布子《ゆうこ》編になる『久保田万太郎俳句集』が入った」

――それはチェックしなくては。

と、美希は心にメモをする。先生は続ける。

「昔は、とても大きな存在だった。文化勲章も貰ってる」

「ははあ。分かりやすい物差しですね。ミシュランの星みたいです」

先生は駄目を押す。

「選考委員もやっていた。芸術院会員も、なるだけじゃなく、選ぶ方になった」

「うわあ。音速だと思ったら光速になったみたいです」

功成り名とげた人なのだ。

「万太郎の筆の仕事の四つの峰は、小説、戯曲、随筆、それに俳句。だがそれだけじゃない。――文学座という劇団があるだろう」

「はい」

「岸田《きしだ》國士《くにお》――岸田今日子のお父さんだな、演劇界で大きな仕事をした。岩田豊雄――獅子文《しし ぶん》六《ろく》の本名だ。万太郎が、この人達と作ったのが、文学座なんだ」

「へええ」

「劇の演出の仕事も数多い。――まだある。三越落語会の創設者でもある」

「落語会まで！」

舞台関係で指導的な役割を果たした人なんだな、と思う。先生は続けて、

「……実は、『小説文宝』の新年号を読んでいて、久保田万太郎のことを思ったんだ」

だから話す――というわけか。しかし、飛躍がある。どう繋がるのか――という顔をしたら、

「……いや。村山さんが、京須偕充さんの名前をあげていたろう」

「はいはい」

新年号では、ベテランの村山富美男先生にエッセイを書いていただいた。そこに登場したのが京須さん。落語・講談など、数多くの歴史的録音を残したプロデューサーだ。

「あの人が、文春新書から出した『落語名人会　夢の勢揃い』という本に、三越落語会のロビーの様子が出て来た。――安藤鶴夫といえば、演芸評論家として大きな影響力を持っていた。安藤に褒められれば、芸人として大いに箔がついた。影響力が大きかった。自分の好みを前面に押し出し、歯に衣着せぬ人だった。――例えば、永六輔が、自分には義太夫のよさがよく分からないといったら、君は日本人じゃないと、一刀両断にされたそうだ。――そういう安藤な

のに、久保田万太郎には遠慮していたという。京須さんが、その辺を活写していた」

美希は後から『落語名人会　夢の勢揃い』を開き、確認した。

こうなっていた。


ロビーには売り場を背にして大きなソファが置かれていた。休憩になるとそこに久保田万太郎が座っている。隣りに安藤鶴夫がいる。といっても大先輩の久保田にはばかるように安藤は一人分の間隔をあけているから、詰めれば四人は座れるソファもこの二人で定員いっぱいである。いつもではなかったが、いつものような光景だった。


獅子の座だ。一人でも近づき難い人物が、二人並んでいる。上には上がある。先生と――先生の先生だ。

久保田万太郎という人の位置が、よく分かる。

3

向学心なら、ある方の美希だ。

「万太郎入門といったら、何を読んだらいいでしょう?」

「そうだなあ。万太郎は慶応と縁が深い。自分の著作権も、慶応義塾に行くようにしたぐらいだ。それを考えると、やはり慶応時代からずっと近くにいた戸板康二のものが、よく書かれている」

「芥川龍之介とのことは、何か出てきますか」

「戸板は『久保田万太郎』の中で、ある対談から拾った言葉を引いている。田端にいた芥川と、日暮里にいた万太郎。行き来しては俳句の話ばかりしていた。芥川が《芭蕉のあんまり有名でない句をもつて来て、「どうだこの句は」といふから、「面白くないな」といふと「芭蕉だぞ」なんていつてよろこんでゐた》」

「……らしいですね」

「いかにも芥川龍之介──だね。芥川は、ロマン・ロランの『ジャン・クリストフ』を、いち早く愛読していた。あの中に、同じような場面が出て来る。少年クリストフが、自分を音楽に導いてくれるおじさんに、大作曲家の知られていないフレーズを見せ、評価を聞くんだ。つまらないといわれると鬼の首を取ったように、わーい、誰々なんだよー、などとやる。おじさんは、あわてず騒がず、だからといっていいわけではない、という」

「はああ」

「ぼくが『ジャン・クリストフ』を読んだのは、半世紀以上前だが、いまだによく覚えている。印象的な場面だ。芥川の頭にも当然、これがあったろう。──その上で、あえて同じことをやったんだろうなあ」

遠い昔の、若き芥川と万太郎。二人のやり取りが見える。

「その『久保田万太郎』という本が、お薦めですか」

「……そうだなあ。戸板の本で、より面白く読めるのは『万太郎俳句評釈』の方かな。俳句を通して、万太郎を語っている。理想をいえば、双方、読んだ方がいい。――片方だけでは見えないところがあるからね。例えば最晩年、万太郎老人は、我が子にも先立たれ、同棲していた女性も亡くなり、一人暮らしになる。荒涼たる生活ぶりだ。没年となる年の正月、戸板と《文学座の男優が二人》訪れる。酒に酔い、うたた寝をし始めた万太郎を床に運ぶ。戸板は仕事があるので帰る。二人に《先生が起きた時、誰もいないと淋しいだろう》と頼んで、残ってもらった。《すると、夜電話がかかった。「文学座の二人がいてくれて、救われました」というのだ。こんな電話は、はじめてであった》」

「うーん。冬の夜のことですね……。痛ましい。惻々《そくそく》と孤独が忍び寄りますね」

「そうなんだよ。――で、この二人だが、『久保田万太郎』の方には、《小池朝雄と加藤武》と実名が出ている。君たちにはどうか分からないがぼくらには、舞台や映画でおなじみだ。小池朝雄は『刑事コロンボ』の声をずっとやってた」

「《うちのかみさんが》……ですね」

「そうそう。映画にもよく出ていた。――加藤武も、色々な作品でおなじみだ。石坂浩二の『金田一』シリーズで、早呑み込みの警部さんをやっていたなあ」

「あ。《よし、分かった!》って、すぐいう人ですね」

「そうそう。顔や表情が、すぐ浮かぶ。情景が見えて来る。これは、名前があった方がいいなあと思う。――そういうことだよ」

4

「しかし、君にはもっとお薦めがある」

「はい？」

「お正月にかるた取りはしたかな？」

思いがけない方に話が行く。

「いえ。かるたも、福笑いもしませんでした」

「ま、今時、福笑いはしないだろうがね」

というと、先生は座を立ち、しばらくすると、かるたの箱のようなものを持って来た。座卓の上の茶碗や菓子鉢、皿を脇に寄せ、そこに箱の中の札を並べる。

「これは……」

「いいだろう？　溝《みぞ》活版というところが出した『名刺判・久保田万太郎句抄一〇〇』だ」

遠目に見ると、まさにお正月のかるた取りかと思ってしまう。

いてどけのなほとけかねてゐるところ
旅びとののぞきてゆける雛《ひいな》かな

時計屋の時計春の夜どれがほんと

と、時が流れる。それぞれの句に、味わい深い絵がついている。

神田川祭の中をながれけり
梅雨の猫つぶらなる目をもちにけり
　たま〳〵逢ひし人の、名をだに知らず
時雨傘さしかけられしだけの縁

そして、

いまは亡き人とふたりや冬籠
湯豆腐やいのちのはてのうすあかり
竹馬やいろはにほへとちり〴〵に

解説にあたる「いきさつ」という紙がついている。
溝活版の横溝健志さんは、もともと万太郎の句にひかれ、刷ったりしていた。たまたま大高郁子さんの、万太郎の世界を描いた絵を見た時《活版心を揺すぶられた》のが、ことの始まり。

百部を考えたが《百句百枚は一万枚を刷る計算で、それだけでも途方にくれたが時間をかければ何とかなるというういつもの溝活版であった》というあたり、何ともうれしい。名刺サイズのために、ほとんどの活字を新たに買うことになった。《五号の句は漢字を原典に沿って正字、旧漢字で組むことにしたのでこれも買うことになり、夏の暑い盛り早稲田の佐々木活字に頻繁に通う羽目になった。佐々木活字にない字は横浜の築地活字に注文》……と続いて行く。

勿論、採算は度外視だろう。ここに情熱がある。

「いいですねえ。出版の故郷を見る思いです」

「で、この大高さんの絵と編になるのがこれだ」

先生は『久保田万太郎の履歴書』という本を取り出す。発行は河出書房新社。表紙には猫を抱いた万太郎。脇には湯豆腐。

「万太郎が酔いつぶれて帰る電車の中でも、ふと名を呼ぶほど溺愛したという猫――トラだろうな。大高さんは、テーマとして与えられるまで、万太郎を知らなかったそうだ。描くために作品を読み始めたら、父母の歳時記で読み、覚えていた句があった」

　叱られて目をつぶる猫春隣

「その目、その顔に、《丸め込まれている猫好きの他愛なさ。この句が気に入り、花瓶を倒した猫の後ろ姿と、お玉を持って怒っているおばさんの絵を描いた》」

「作者が誰か意識せずに……ですね」

「そうなんだ。縁あって、幻の作者と巡り合うことになった。今度は、万太郎その人と向き合う。……この本は、万太郎の著作から文章を抜き出し、それを素材に大高さんが絵を描いている。万太郎の一生という川の流れに寄り添い、絵が川沿いを共に歩いている、ごく自然にね。その塩梅《あんばい》が絶妙なんだ。──というわけで今、万太郎を知る、一番のお薦めはこれだな」

5

『久保田万太郎の履歴書』を、お借りし、

「じゃあ今度、万太郎について、何か書いていただけるわけですか」

先生は、危ない──というように身を引いて、

「いや、別にそうじゃあない」

「ほ?」

「これは三題話なんだ」

三つのお題がひとつの話になる。どういうことだろう。先生は続ける。

「二つ目が、三遊亭圓生だ」

落語界に輝いた昭和の大名人だ。

「……圓生さんも、村山先生のエッセイに出て来ましたね」

「そうなんだよ。我々の世代からすれば、落語の代名詞のような巨匠だ。久保田万太郎、三遊亭圓生と思い浮かべたら、ぼくの場合、三つ目の題が、ところてんを押すようにつるりと出て来る。——煙草入れだ」

「……」

「煙草入れは分かる？」

「……えーと、そういわれて、まず浮かぶのは、いわゆるシガレットケースですね。巻き煙草を並べて入れる」

「うんうん。昔は、パーティ会場のテーブルに、広げて置いてあったな」

「ご自由に、お喫《の》みください……と」

「そうだよ。今の禁煙風潮では、思いもつかない風景だな」

「でも、先生のは、三遊亭圓生から煙草入れ……となるわけですからシガレットケースじゃない。……時代劇なんかに出て来る、腰に提げるやつですね」

「そうだ、そっちの煙草入れ。日本古来のものだ。——煙管《きせる》を入れる筒が、刻み煙草を入れる袋というかケースというか、財布のような形のものと、紐で繋がっている。江戸から明治の初めまでは、生活必需品だった。男が腰に差す。……煙管の方は分かるかな？」

「はい。——さすがに、それで喫んでる人をリアルには見てません。でも、鉄道の不正乗車をキセルといったのは、知ってます。わけを聞いて、うまいネーミングだ——と思いました」

遠くの駅から最短区間の切符を使って入り、定期を持っている近くの駅から定期で出る。頭と尻尾にだけ金を使うからキセル。

「煙管は、吸い口と煙草を詰める雁首《がんくび》が金属。間は竹の管だからね。――壮大なキセルの例は、京都や大阪から最短区間で乗り、改札の目をかいくぐり東京に着く。定期を持っている友人が入場券で入り、それを渡し、出る時はそれを使う。友人は定期で出る――そういう実例を読んだことがある」

「うわあ。アリバイ・トリックものの ミステリみたいですね。見つかったら大変な罰金でしょう。そこまで手をかけるなら、普通に乗った方がよさそうですね」

「まあそうだね。おちおち座席に座っていられない。犯罪は引き合わない」

「先生がやったんじゃないでしょうね？」

「勿論さ。そんな度胸はない。ある人のエッセイに出て来た」

「今は、乗車駅と降車駅が自動的に記録されるから、そういう不正は出来ません。ありがたい世の中です」

「日進月歩だね。――さて、《かます》というのは本来、藁《わら》むしろで作った袋で、穀物や肥料なんかを入れるもんだが、煙草入れの、この小さい袋の方も《かます》といったようだ」

「ほう」

「で、この煙管の筒と《かます》からなる煙草入れ。久保田万太郎と三遊亭圓生とこれについて、――僕には、はるか昔から、どうしても解けず、気になっている謎があるんだ」

# 6

『小説文宝』新年号を読み、その抱えていた謎が、よみがえって来たというわけか。

「圓生といえば、我々の時代の代表的な落語家、レパートリーの広いことで有名だ」

「はい」

何しろ、京須さんの代表的なお仕事に『圓生百席』があるくらいだ。

「十八番のひとつが『居残り佐平次』。これは特別だ。伝説的天才映画監督川島雄三の大傑作が『幕末太陽傳』。その中心になっているのがこの噺だ」

「はあ……」

「主演がフランキー堺。フランキーはこれで、ブルーリボン主演男優賞に輝いた。落語の『居残り佐平次』『品川心中』『お見立て』を軸にした物語だ。当時は致命的だった肺の病をかかえながら、屈することなく突き進んで行く主人公が佐平次。──ラストシーンは佐平次が走り去って行く。川島雄三は、主人公が現代の品川へと走り込み、雑踏の中を抜けて行く形にしたかった、という」

「……斬新ですね」

「昔のことを語ってるわけじゃない、という思いだろう。残念ながら、完成形は、そこまで挑戦的にはなっていない。──ぼくも傑作だとは思うが、ただ、ラストのちょっと前がこうだ。

――佐平次は、客である田舎者の旦那に、お目当ての女郎をあきらめさせようと、彼女は死んだ――という。嘘だ。じゃあ墓参りに行こうとなり、朝もやの中、あるはずのない女郎の墓に案内する。落語の『お見立て』だ。――この人気《ひとけ》のない墓場の場面が、いかにも暗い」

「そりゃそうでしょうね」

「映画がそこで急に、じめっとする。川島は、死のイメージを出したかったんだろうが、そこまで積み上げた佐平次像が崩れる。どうも違和感があった。ところが、万太郎の全集を読んでいたら、腑に落ちた。『〝お見立〟の在りかた』という文章があった。そこで万太郎は、――安藤鶴夫の落語解釈を否定しているんだ」

「先生の先生が、先生に異を唱えたわけですね」

「そうだ」

先生は立ち上がり、何冊かの本を持って戻って来た。

中央公論社から出た『久保田万太郎全集』の第十一巻を開く。

「――春風亭柳橋という落語家が『お見立』をやった。万太郎は、『〝お見立〟の在りかた』という文章で、こう論じている。――まず、安藤鶴夫の評を引く」

柳橋の演出だと妓夫《ぎゆう》がまつぴるま墓へ案内をすることになつている。あれは夜のしらしら明けに、山谷の寺町を案内するからこそあわれがただようのではあるまいか。妓夫がなん度も、一人で待つている大尽の座敷と女郎の間をいつたりきたりしている間に、賑やかな遊廓が次第にしずまり返つていくときの経過を話の背後に感じさせておいて、とど、客と吉原の男がしらしら明けそめた中を、くるわから寺町を歩いて、縁もゆかりもない墓場の中を女の墓をさがすところにおかしさとあわれがあるようだ。

「万太郎は首をかしげた。《これはいけません》と。何より自分は、安藤の本『落語鑑賞』に寄せて、《〃お見立〃と前書《ぜんしょ》して詠んでゐる》ではないか。《墓原の空に鳶《とび》舞ふ日永かな》と」

わかつた、わかりました、なぜ大兄がそんなことを急にいひだしたのか……

〃……夜のしらしら明けに、山谷の寺町を案内するからこそあわれがただようのではあるまいか〃といふこの〃あわれ〃が……この〃あわれ〃ッて奴が入らざる知恵をつけたのであります、大兄に……

しかも、この感情は、このはなしにはおよそ入用のないもの……入用のない以上むしろじやまなもの、と、ぼくは思ひたいので、でないことには、第一、〃ズラリとならんでをりますから、このなかでお見立てをねがひます〃といふドライな下げだつて生きて来ない勘定ぢやァないでせうか？

何ごともあッけらかんと日永かな

このあッけらかんさ。……まッぴるまの世界のこのおろかなあッけらかんさ。……よくぞ、この作者、この田舎の大尽に昼あそびをさせたことよ。


先生は、これは万太郎の方に軍配が上がる――と頷き、

「いくら何でも夜明けまで《座敷と女郎の間をいったりきたりしている》のでは、間が空きすぎる。女郎屋に昼間に来て、女を出せといってる野暮で間抜けな客。一日が長い、まだ馬鹿馬鹿しく明るい頃、墓場に引っ張り出す。――この方が、はるかにいい」

「なるほど」

「《あわれ》が《入らざる知恵をつけた》というのは、いい得て妙だね。安藤には、そういう情に流されるところがあった。――しかし、誰も逆らえない」

「権威ですからね」

「そこで、『幕末太陽傳』のことを考える。万太郎がこの文章を書く、数年前の映画だ。――映画館でも観たが、幸いテレビでやった時、録画してある。見返したら、資料提供に安藤鶴夫の名があった。――なるほど、と思ったよ。おそらくは、最後の墓の場面の《しらしら明け》にも、安藤の《あわれ》が響いているんだろう」

先生は、首を振り、

「――しかし、佐平次には、そんなじめじめした色をつけてもらいたくなかったなあ。魅力が消えてしまう。駆け出すなら夕刻でも、日永の、まだ《あッけらかん》とした明るさが残る頃

がいい。暗いから、泣いているから、悲しいんじゃない。――空には鳶が、ぴーひょろろと輪を描く」

## 7

「――で、この件から何をいいたいかというと、ごく当たり前のことだよ。長く劇界に君臨した久保田万太郎は、しっかりとした、自分の目を持っていた。落語にしても、明治の昔から、数限りなく接している」

「はい」

「そこでぼくの抱えて来た《謎》だ」

いよいよ、本題になる。

「――それは万太郎が、圓生の『居残り佐平次』を評した文中にある。さて、これがどういう噺か、もうちょっと詰めておこう。《居残り》というのは、この場合、女郎屋で遊んだのに金がなく、店に残されることだ」

「……無銭飲食？　……罰？」

「そうだなあ」

「……今なら、皿洗いとかするところですかねえ」

「昔は、もっときつい目にあったようだ。しかし、佐平次はごく調子がいい。働き出すと客の受けもいい、大人気――というわけだ」

「それは凄い」

「佐平次は最初から、居残るつもりで来ている。どんちゃん騒ぎをした翌朝、仲間を先に帰してしまう。『圓生古典落語　1』を見ると、こう口に出す」

先生は、今度は集英社文庫を開く。


「（前略）それからすまねえが、母親《おふくろ》に（前に出ている金を）この金を届けてやってもらいてえんだ、年寄りの事《こツ》たから何とかまァ、それでつないで行けるだろうがもし足りなかったら……おう、待ってくれ、（腰に差した煙草入を）この煙草入れをな、おめえ差してってくんねえ、で…質屋へ持って行きゃ向うでいつもの通り入質《つ》けるから……ま、それだけで、当分の間つないでくれと…こう言ってな」


「――ここで、煙草入れを渡してしまう。これがまあ、ひとつの伏線だ。――圓生は、この噺を、初代柳家小せんから教わっている。遊郭の噺を得意とした。この人の速記が残っている」

先生は、講談社の『口演速記　明治大正落語集成　第七巻』を取り出す。

「うわっ。よく出て来ますね」

先生は平然と、

「基本図書だからな」

どこのうちにでもあるわけではない。先生は、小せん演じる『居残り佐平次』の同じ箇所を示す。

「（前略）夫《それ》から済まねえが頼まれて呉《く》んねえ、茲《ここ》に金が四両、夫から莨入《たばこいれ》があるんだ、此奴《こいつ》を俺ン所へ届けて呉れねえか。阿母《おふくろ》に能《よ》くそいつて呉んねえ、此の金で当分やつて居ろとな。老人《としより》だ、米だつていくらも喰《も》やアしねえ、夫から若し小遣ひが足りなくなつたら此の莨入を質屋へ持つて行つて番頭に訳《わけ》を話すと三分貸して呉れるんだからと能く然《そ》ういつて呉んな」

8

驚くほど、似通っている。

「大正八年の速記本だ。圓生がいかによく、噺のバトンを引き継いでいるか分かる」

「本当に」

「話芸の伝承というのは、こういうものだな」

「……稗田阿礼《ひえだのあれ》」

口頭で『古事記』を語り伝えたという。

「まあ、そこまで古いことを持ち出さなくても、ね。——さて、佐平次は今、当時の男なら普通に持っていた、煙草入れを渡してしまった。喫煙者にとって禁煙は難しい。――この後、いよいよ金がないと知れ、店の者に迫られた時、圓生の佐平次は、こういう」

「花魁《おいらん》にキセルの悪いのを一本もらってね、新聞の古いんで煙草入れを折って中へ刻煙草《きざみ》がいっぱい詰まってるし、（袂を振りながら）マッチが二個ありますから……まァ当分籠城もできましょうから、ようがす……じゃまァ、そろそろ行灯《あんどん》部屋へさがりましょう」

「動じないんですね。煙管とかますでワンセット。――煙管は古いのを貰い、かますは新聞紙で折った」

「そうなんだよ。――これはもう、《三遊亭圓生の『居残り佐平次』》として、最終的な形ができてからのものだ。しかし、天下の名人にも若い時はある。彼が、六代目圓生を襲名したのは昭和十六年だ」

「そうなる前は、何といったんです？」

「圓蔵《えんぞう》だ。――万太郎は昭和三年、『岸柳島《がんりゆうじま》』その他』という題で、その圓蔵、二十代の高座について書いている」

先生は、先程の『久保田万太郎全集』に戻る。

圓蔵の『居残佐平次』は「噺」に引ずられてゐるかたちがあつた。そつくり先代小せんの型をたどつてゐるだけ、この人にはまだ無理である。小せんが『白銅』だの『明烏』だの『五人廻し』だのと一しよに、この噺をうりものにしはじめたのはいまのこの人位な年の時分だつたかも知れないが、それにしてもかれは、あの通りの、仲間うちでも札つきの遊蕩《あそび》好きだつた。

小せんの体には、遊里の色が染み付いている。圓蔵は分からない。道楽者かも知れない。しかし、この噺の背景となる明治の末から大正初めの空気が、《昭和三年を呼吸してゐるこの人には分らない》。その、いい証拠がある。

化の皮を脱いで行燈部屋へ下ることになるくだりで、煙管の古いのも一本女にもらつたし、夕刊の古いので煙草入も十二折つたし……と、敢然とわが若い圓蔵はいつた。


「どうかね？」

と、先生は聞く。

「それは……ちょっと変ですね」

「うちは、食材を宅配してくれる業者と契約している」

いきなり話題が変わった。

「……ほ？」

「大分前だが、そこから電話がかかって来た。お宅のお味噌の注文が、いつも一つなのに、今回、一度に十一個となっている。本当に、そんなに持って行っていいのか――という確認だ」

「おー……」

「ちょっと待ってくれ――といって、うちのに確認したよ。どうだったと思う?」

「そりゃ、間違いでしょうね」

先生は頷き、

「そうなんだよ。パソコンの打ち間違いだった。一個あれば二カ月は持つそうだ。一度に、味噌十一個が届いても困る」

「人を集めて、味噌パーティなんかやりませんものね」

「業者も、これはおかしい――と思って電話をくれた。同じことだ。――煙草入れを一度に十二も折るのは、不自然だろう?」

「用意がよすぎます。……ひとつあれば十分でしょうね」

「万太郎は、こう続けている」

9

いふまでもなく、小せんはその場合「『十二煙草入』を折つた」といつたのである。

「つまり昔は、《十二煙草入れ》というものがあったんだ。固有名詞だ。――万太郎はいう。《……「十二煙草入」を知らないほど、それほど、わが若い圓蔵は新時代なのである》」

「万太郎にとっては、常識なんですね」

「そうだ。――ところが、世代が違う若き日の三遊亭圓生――圓蔵には、分からない。《十二煙草入れ》なんて見たことも聞いたこともない。しかし、小せんから教わった《十二煙草入れ》という言葉は落とせない。で、ごく自然に、煙草入れを十二折った――といってしまった。知っている人からしたら、実に滑稽な間違いだ。――圓生も、この万太郎の評を読んだからか、その後、不自然な部分を削り、ただ《煙草入れを折って》とした」

「……小せんさんの速記だと、そこはどうなっているんです」

「万太郎のいう通りだ」


「花魁から煙管の悪いのを一本貰ってますね、新聞紙《がみ》で十二煙草入れを折って刻《きざ》みが一ぱい詰《つま》ってます。袂《たもと》にはマッチが二個《ふたつ》あるし、当分籠城は出来ます。行燈部屋へでも退《さが》りますかな」


「はあー。……じゃあこの、《十二煙草入れ》って、どういうものなんです」

先生は、ぎょろりと目を剝き、

「そこだよ。それが、ぼくのずっと抱えてる《謎》なんだ」

「……あ、そうか」

「世代が違うと分からなくなることは、いっぱいある。これもそうだろう。気になるから、調べてみた。あれこれ探索した。しかし、分からない。——残念無念」

ぎりぎり歯を食いしばる先生。

「うーん」

「『小説文宝』の新年号を読み、久保田万太郎、三遊亭圓生の姿が思い浮かび、同時にこの未解決事件が重くのしかかって来た」

——《十二煙草入れ》の謎。

「おおげさですね」

「忘れていたというのに。これは文宝出版からぼくへの、面倒なお年玉だ」

「それは大変、失礼しました。……しかし、万太郎先生には《いふまでもな》いことだったんですよね。——いかに世代が圓生さんより前とはいえ、よく分かりましたね」

先生は、にやりとし、

「万太郎自身は酒は飲んだが、——煙草は吸わなかった」

「へええ。それなのに……」

「吸わないがしかし、何しろ、万太郎は——袋物屋のせがれだからな」

「……は?」

「袋物というのは、物を入れて携帯する用具一般のことだよ。代表的なのが、手提げ、紙入れ

——今でいう財布だね、それに煙草入れだ。万太郎のことを書いた本の頭には、大体、これが出て来る。戸板の『久保田万太郎』にもね。それによれば、万太郎の家で作っていたのは、刻み煙草を入れるかますの方。家では常時、十五、六人の職人が働いていたそうだ」

「ほー。小さい頃から、煙草入れを見て育って来たんですね」

「そうなんだ。『三田文学』に載った万太郎の処女作にして話題作『朝顔』は、袋物屋を首になった職人の話だ。——仕事に使う鹿の革をごまかして質屋に入れてしまった。それが分かって引導を渡された」

「学生は世界が狭いですからね。まず、自分のよく知ってる袋物屋を使ったと」

「そうだ」

「なるほど、それじゃあ、煙草入れのことが分かるわけですね」

10

「で、この《十二煙草入れ》の謎を、今、わたしめがうかがった……というのは、さて、……どういうことになりますかね」

用心深く聞いてみる。先生は、とぼけた口調で、

「察しがつくだろう。『小説文宝』新年号を読んで、しばらくぶりにのしかかって来た謎だ。——『小説文宝』の君に、責任を取ってもらおうというわけだ」

無茶ぶりだ。

「その謎を解け、という……」

先生は、機嫌よく頷き、

「調べものは田川君に限る。――蛇《じゃ》の道は田川だ」

前にも、いわれたことがある。

「蛇《へび》ですったら」

「まあ。そういうな」

「……でも煙草入れに関する本とかは、もう先生が散々、当たられたんでしょう?」

「うんうん。――袋物屋さんにも、行って聞いてみた」

そこまで手が回っているのか。江戸の小物を扱う店。今も名店が、いくつかあるようだ。

「専門家じゃないですか。そこでも分からなかったんですか」

「ああ。――《十二煙草入れ》なんて、聞いたこともない、といっていた」

絶望的。しかし、万太郎にとってはそれが、ごく当たり前のものだった。確かに、不思議だ。

「視点を変えると分かることもある。別人が調べたら、思いがけない道が見えるかも知れない。

――村山先生の、新年号の担当をしたのは君なんだろう?」

責任者といわんばかりだ。

「いえ、新人です。柴田といいます。……熱心に、よくやってくれます」

頑張り屋の柴田李花の顔を思い浮かべる。

「……調べものも得意です」

「おいおい、悪い顔をしてるぞ」

「えへへ、……可愛い子ですよ」

先生は、お茶をいれかえてくれた。

「有機栽培の、天然玉露といわれるものだ」

「ほう」

そう聞くと、有り難い。

「希少品種の『あさつゆ』をベースに、高級品種をブレンドしている」

「ほうほう」

香りがよい。

「屏風《びょうぶ》山ともいわれる、みのう連山の山間で作られる」

「みのう……、何だか、納めてないみたいですね」

「耳に納めると書く。耳納連山。福岡県だ。いいところだよ」

知らないことは、山ほどある。

「文宝出版百年だそうだが、年の初めは、何か特別なことをやったのかね」

「はい。今年は、いただいたコチョウランがロビーに溢れてまして、とても華やかなお正月でした。百周年記念で、皆の集合写真も撮りました。——社史に載るそうです」

「大変な人数だろう」

「螺旋《らせん》階段に二列になった上、階段下のスペースまですしづめでした。わたしは階段中腹の前列という、ごく目立つところに立ちました。——どういうわけか」

「どういうわけだろうな」

美希は、バスケットボールで鍛えた肩を、ちょっと揺すり、

「巡り合わせです」

「う、うん。まあ、写真は後で見せてもらおう」

と、お茶を味わう先生。美希は続けて、

「百周年記念の、豪華お菓子詰め合わせも貰いました。特製缶に、クッキーは文宝出版のロゴ入り。銀座の名店のものです。柴田が抱えて、ぴょんぴょん跳んで喜んでいました」

「跳びはしないだろう」

「ウサギ年だそうで。——お正月といえば、家族の団欒《だんらん》という感じだった。こういうのは初めて、とっても新鮮、と喜んでいました」

リカちゃん——と呼ばれるようになっていた李花たち若手は、それから恒例の、社に届いた年賀状の仕分けにかかった。お正月の年中行事である。昔は美希もやっていた。

かくして、新しい年となり、原島先生のところにうかがった。これが、美希の本年、初仕事。

——そこで、思いがけない宿題をいただいたわけだ。

# 11

編集部で、李花に聞いてみる。

「ねえ。久保田万太郎って分かる?」

当然のことながら、知らない。異星人のようだ。作家かどうかも分からない。無論、煙草入れも。

「キセルなら、花魁のイメージがありますね。ドラマやアニメで見ました」

「おお」

しかし、電車の不正乗車を意味する《キセル》という言葉は、聞いたことがないという。ここでも時のうつろいを感じる。

《十二煙草入れ》の謎について、簡単に説明してみた。すると、

「ネットで、見てみましょうか」

美希も勿論、やっている。

「見た見た。出て来るのは、煙草十二本入りのシガレットケースだけだよ」

原島先生が、探索し続けて来た問題だ。簡単に分かるわけがない。

しかし、しばらくして李花の机から声がかかった。

「落語家さんの煙草入れなら、いっぱい見られますよ」

何だろう。行ってみる。画面に、それが綺麗に並んでいる。

「池波正太郎先生は、桂文楽のファンだったんですよね」

村山先生が、新年号にそう書いていた。李花の担当した原稿だ。昭和落語を代表する名人、八代目桂文楽。

「うん」

「試しに、《桂文楽》《煙草入れ》で検索してみたんです。そうしたら、出て来ました。たばこと塩の博物館というところに、文楽さんの持ってた名品が、まとめて収められているんですって」

へえー、と思う。こう出ていた。


昭和の名人として知られる落語家・八代目桂文楽はたばこ入れ収集を趣味とし、コレクションは100点を数えた。落語家になる前に袋物屋に奉公していた経験から名品を揃え、収納用の箪笥もあつらえるほどであった。弟子や知人に譲った物も多く、後年にはコレクションは散逸してしまったが、当館では40点ほどの桂文楽旧蔵品と、たばこ入れ収納用からくり箪笥を所蔵している。

「桂文楽も、袋物屋さんで働いていたんだ。なるほど、煙草入れってやっぱり身近なものだったんだね」

と美希。

魚屋さんと魚のように、昔の人にはすぐ分かる職業であり、品物だったのだ。もっとも街の魚屋さん——という形も、今では少なくなっているけれど。

「……からくり簞笥。面白そうですね」

李花がいうと、からくりダンスのようだ。煙草入れについての説明も、詳しく載っている。かます——つまり、刻み煙草を入れる袋の部分は、革製や染織の布、細かく裂いた籐《とう》で緻密に編んだもの、象牙のものなど、実に多彩。マニアになって、あれがほしいこれがほしいと集めだしたら、切りがなさそうだ。

李花がいう。

「わたしだってこれから、時代小説を担当することがありますよね」

「まあ、そうなるね」

「だとしたら、『小説文宝』のよき編集者となるため、……煙草入れの現物を見ておくのも研修になりませんか」

12

たばこと塩の博物館は、平成二十七年、渋谷区から墨田区横川に移転、リニューアルオープンしていた。

新年早々の気持ちよく晴れた日、美希と李花は地下鉄半蔵門線押上駅で降り、タクシーでそこに向かった。

気がつくと、走るタクシーの窓からスカイツリーが大きく見える。見上げる感じだ。お膝下《ひざもと》——である。スカイツリー見物の人々は、近くにこういう博物館があると知っているだろうか。車だと、すぐに着く。午前中の、開館早々の時刻だ。

「立派なビルね」

見上げる外壁は、ミルクチョコレート色、ココア色、そしてビターチョコレート色のパネルが幾つも重なり、それが上へと何階も続いている。

「独特のデザインだねえ」

李花は暗唱するように、

「……昔は、煙草の葉を、吊り干し乾燥させました。その、大きな葉が並んでずらりと下がっているところを、イメージしているそうです」

「おお。予習できてるね」

ネットの調べものなら、若い子に限る。

入口前に、堂々たる像が立っている。《シンボルモニュメント》と書いてある。十九世紀初めスウェーデンの煙草屋の看板になっていたものを、開館の折、彫像化したそうだ。筋骨たくましい男が長いパイプをくわえて、辺りを睨んでいる。冠や腰蓑《こしみの》状になっているのが、煙草の葉なのだろう。

「ビッグボスみたいですね」

と李花。なるほど。

中に入る。美希はグレーのロングコート。李花は紺色の短いダウンだが、寒くなってからもっぱらタートルネックで、首のピンクが明るく見える。脱いで持つのも荷物になる。暖房がきつ過ぎることもないので、そのまま歩く。

展示はどれも面白い。巨大な岩塩を前に「なめるんじゃないよ、お客さん」と自分にいう美希だったが、塩の方は、今回脇道。ざっと見て長いエスカレーターに乗り、三階――煙草の階に向かう。

まず、普段の暮らしでは見ることのない煙草の花の、多様さに驚く。色とりどりだ。茎も太く、葉も大きい。

李花が懐かしげに、

「やあ。……『風の又三郎』がむしったのが、これなんですね」

「え？」

「又三郎が、並んでる木の葉っぱを、なんだろう、と千切ったら、専売局に叱られる、と脅されます」

「そうだっけ？　――宮沢賢治も、そんな実体験、あったのかな」

「皆《みん》なに、専売局は葉っぱの数を勘定して帳面につけてるんだぞ――って、いわれるんです」

又三郎、逮捕。岩手の地に広がる煙草畑が目に浮かぶ。

「そこまで管理は、してないだろうね」

「子供だから、専売局って恐ろしいなあと思いました。――何だか、悪の秘密結社みたいで」

濡れ衣だ。

「専売公社のことだね。そこが作ったのが、この博物館だよ」

ずらりと並んだ世界の喫煙具の展示は、まるで木管楽器の列を見るようだ。各国の、煙草パッケージも見られる。

そしていよいよ、本日の眼目。煙草入れ関係の展示になる。

江戸の袋物屋さんの店先が再現されている。斜めの台に、煙管やかますが並んでいる。刻み煙草を入れる袋は、今の目から見ると財布のような形だ。デザインが様々で見て楽しい。その上に、煙管とかますを繋げた、いわゆる煙草入れが下がっている。

袋に詰める方の、刻み煙草製造の様子もまた、再現されていた。煙草農家だ。姉さんかぶりしたおかみさんが、干した葉を束ねている。それを亭主が包丁で刻んでいる。トントントントン、トントントントン。

お盆には土瓶が置いてある。一段落したところで、お茶にするのだろう。

「……簞笥の上で、猫が寝ているのがいいね」

「本当」

芸が細かい。

「昼寝はいいな。のんきが一番だ。――しかし、おかみさん、色が白過ぎるぞ」

「人形みたいな美人ですよ」

そんなことをいわれているとは気がつくまい。

映像資料では、火打ち石で発火させるところから、それで煙草を吸うところまでが見られた。分かりやすい。百聞は一見にしかずだ。喫煙率――なども書いてあり、ある資料によると文政年間のそれは九十八パーセントだという。

「びっくり。煙草屋の親父さんの書いたものによるから、身びいきがあるかも知れない。男と女でも違うだろうね。……それにしても、かなりの高率だね」

出版に縁のあるところでは、江戸の大作家、山東京伝のことが書いてある。筆禍事件で処罰された京伝は、生活の手段として、小さな紙煙草入れ屋を開いた。それが、当時の生活必需品だったのだ。


さまざまな素材のたばこ入れがありましたが、紙でできたものは安価で、庶民でも気軽に買えるものでした。

京伝デザインのたばこ入れを売り、自作の本の中でも宣伝を行ったため、京伝のたばこ入れ屋は大人気となったようです。


「へえー。出版と企業広告の合体だ。進んでるなあ」

李花が、手招きする。

「これ面白いですよ」

『八犬伝』の作者としておなじみの曲亭馬琴の『曲亭一風京伝張《きょくていいっぷうきょうでんばり》』という物語が紹介されている。

店で売られている煙管と袋が擬人化されて挿絵になっている。二人は恋仲だったが、別々に買われてしまう。紆余曲折の末、再会でき、あるべき組み合わせとしてひとつになる。めでたし、めでたし。

「二つを繋げてワンセット。それが煙草入れ——という形が、うまく使われてるんだ」

13

ミュージアムショップも充実している。リニューアルオープン記念展の時のカタログ、『浮世絵と喫煙具　世界に誇るジャパンアート』を売っていた。

ありがたいことに、桂文楽の煙草入れについて、詳しく出ていた。文楽自身の文章「私のコレクション」が、日本専売公社の『たばこ』から転載されていた。

文楽は、子供の頃から煙草入れ屋に奉公し《毎日、引出しのついた箱に様々なたばこ入れを入れて、あちこちのたばこ屋・小間物屋に卸して歩いてた》という。だから、値打ちが分かる。

昔の芸人は、楽屋で煙草入れの自慢をしていた。文楽も《誰それの持っている筒がいいからって譲ってもらったり、あの袋はかわってるからって取りかえたりして、いつの間にか集まっちやったんです》。

そこから、師匠五代目柳亭左楽《さらく》の煙草入れのことになる。《当時六十円で譲ってもらった》

そうだ。大金だ。


そのころ貧乏な二ツ目だったもんで、いまでいう月賦ということにしてもらったんですが、このおかげで、毎月月末になると裏の質屋に通ったりして苦労したもんでした。でも、いまでも好きなたばこ入れのひとつです。袋は籐の手編み、留め金は表にお玉じゃくしが三匹いて、その目玉にポチポチと金が入り、裏は金の延べ板でとめてあります。──憎いもんですよね、昔の人は。お玉じゃくしの目だとか、ちょっと目に見えない留め金の裏なんぞに金をつかったりして…。こんなところはやはり江戸っ子ならでは出来ない粋なこしらえとでもいえましょうか。


愛するものを語る口調だ。目尻の下がった表情が浮かぶ。

この《菖蒲革縁籐編腰差《しょうぶがわふちとうあみ》したばこ入れ》は、文章のところでも、またその前の二十点を載せた図版中でも、カラーで見られる。ことに後者では、文楽のいう、金の目玉のお玉じゃくしの部分がクローズアップになっている。これはうれしい。

文楽は続ける。

ところで、あたしのたばこ入れコレクションてェのは、人様のように、ただいいものをしまっとくだけじゃないんで、根がたばこ入れそのものが好きなもんだから、筒、袋、留め金、さげ緒の玉、きせるの雁首、吸い口と、それぞれにいいものを別個に集めて、自分で職人に頼んでひとつのたばこ入れをつくってもらう……という道楽があるんです。だから譲ってもらったたばこ入れそのままというのは少なく、たいていは職人の手を入れてこしらえてあるんです。

筋金入りのマニアだったのだ。

文楽は、芸に行き詰まった時には、コレクションを入れた、からくり箪笥に向かったという。仕掛けがあり、知らない者には、すんなり開けられない。

夜中にそっと起き出して引出しをあけ、静かに眺めたりすることがあるんです。そんなとき、不思議と落ちついて、ちょうど名刀を抜いて眺める人のように爽やかな気分になるもんです。

14

李花が、ショップの棚に《変り絵》を見つけた。一枚の紙だが、左右や上下から折っていくことで、絵柄が変わる。

座敷で手紙を読んでいる女性が、花を活けている若衆になったり、立ち上がった姿になったりする。

素朴なものだが、その素朴さが楽しい。紙を折って遊ぶのは、いかにも日本的だ。李花も買い、美希も買った。美希は、中野の実家にいる、父の顔を思い浮かべた。

——仕掛けのあるものとか、好きそうだから、見せたら喜ぶかな。

と、思った。

グッズの列の中には《Air Ship》という、湖の見えるのどかな風景の上を行く飛行船の描かれたクリアファイルもあった。《芥川龍之介の小説にも登場する「Air Ship」のたばこパッケージをモチーフにしたアイテム！》と説明されている。

秋には、芥川に関する特別展も開かれるようだ。ほかにも《大田南畝《おおたなんぽ》の世界》《江戸のおもちゃ絵》《看板・引き札》といった展覧会が、これからの予定に入っている。楽しそうだ。

文宝出版の名をつげると、お忙しいところなのに学芸員の方がいらして、質問に親切に答えてくださった。

煙草入れは繊細なものであり、文楽コレクションも常時展示というわけにはいかない。それでも、何年かに一回は見られるそうだ。

現代でも鳶職の人などが、実用としてではなくファッションアイテムとして、腰に煙草入れを提げたりするという。

「ところで――」

ことの起こりの、《十二煙草入れ》についてもうかがってみた。これは分からない。

原島先生が、袋物屋さんに聞いても駄目だったのだ。当然だろう。

十二煙草入れは時の流れの彼方に消えたもの――としか、考えられない。

15

午後はそれぞれに仕事がある。李花と別れ会社に戻り、届いていたゲラに目を通す。

集中しているうちに、たちまち夕方から夜になった。そろそろ、うちの夕食も終わる頃だ。

気分転換もかねて、電話してみる。父が出た。

「お風呂はまだ?」

「これからだ」

今日、たばこと塩の博物館に行き、《変り絵》というのを買って来た――という。

「今度、持って行って見せてあげるよ」

「そりゃ、ありがたい。――博物館に、何か用があったのかい」

かい摘まんで、久保田万太郎と十二煙草入れの話をする。

「万太郎って、三遊亭圓生よりさらに前の時代の人でしょ。古いことを、やたら知ってるわけよ。だからさ、生き字引みたいな圓生さんを子供扱いしてるんだ。――十二煙草入れも知らないのかって。上には上があるねえ」

「ほうほう」

　何だかうれしそうだ。

「専門家だって分からないんだもの。そんなことといわれたって、圓生さんも困っちゃうよね」

　父は、ちょっと間をあけ、

「……ミコは、蠅《はえ》捕りリボンって知ってるかい」

「ハエトリ……」

「昔は夏になると、蠅がブンブン飛んで来た。それが普通だった。お父さんがごく小さい頃は、うちの中に細長い、べとつく紙を垂らしていた。蠅がとまると、くっついて逃げられなくなる」

　そんなものが下がっているうちは嫌だ。

「……汚いわねえ」

「いや、垂らさない方が、汚かったんだ。蠅が自由自在に動き回るからね。衛生のためにそうした。それが当たり前だった。どこのうちにもあった。時代がかわると、そういう——誰もが知っていた、当たり前のものが分からなくなる」

　納得して、美希は、

「十二煙草入れもそうだってわけね。……確かに、万太郎は、そんな調子だった。常識だよっ——て感じ」

「だろう？　——江戸の終わりや明治の初めには、蠅捕りリボンみたいに身近なものだった」

美希は首を振り、

「だから何よ。昔には行けないんだもの。見て来られない。――分からないってことが分かったって、仕方がないわ」

「ふふふ」

「何よ」

「蠅捕りリボンの分かるお父さんだ。十二煙草入れだって、分かるかも知れんぞ」

絶句した。父は、時を超えられるのか。原島先生が長年かかえて来た謎を、あっけなく解けるのか。

「……だって、……だって、煙草入れの専門家にも分からなかったんだよ」

父は、さらに落ち着きを見せ、ゆっくりという。

「分かれ道のどっちに行くかだ。煙草入れの方に向かって探しても分からない」

「えっ、……え？」

探すものの方を向くのは、当たり前ではないか。

「ヒントは、ミコの話の中にある。《十二煙草入れ》というものが、どこに、どう出て来たか」

「落語だよ。――『居残り佐平次』」

「そこに、どういう形で登場したか――だ」

「……」

意味が分からない。

「まあ、考えてごらん。今度の土曜、おみやげの《変り絵》を持って来てくれ。物々交換。かわりに、こっちは――《十二煙草入れ》を見せてやろう」

仰天。

「うちにあるのっ？」

信じられない。帽子の中から何でも取り出す魔術師と話しているようだ。

「来てのお楽しみだ。ちょっと遅いお年玉ってとこかな。――渡してやる。後で原島先生に見せるんだな」

## 16

中野の実家に向かう時、気のせいか急ぎ足になってしまった。来週には寒波がやって来るらしい。今はまだ穏やかだ。

玄関で迎えてくれた父が、こたつに案内する。

「まあ、お座り。お茶でも飲んで一服しなさい」

茶碗を手に悠然。美希の前に、数字を書いた紙を出す。

――234☆

最後に星印がついている。

「こ、これが、十二煙草入れが何か、解く鍵っ？」

難解だ。２３４の謎。

「いや。去年収穫できた、ピーマンの総数だ。見せて、驚かせてやろうと思って」

美希は、うめき、

「……驚いたよ」

父は、裏庭で趣味の畑をやっている。しかし、そんなことを聞きに来たのではない。母が、シフォンケーキを出してくれる。近頃、行きつけのショッピングモールの店で、前日のケーキを三割引きで売るのだという。それを出しつつも、話題はピーマンだ。

「凄いでしょう。苗が二本しかないのに、そんなに採れたのよ」

「へ、へえー」

確かに凄い。

「片方の苗は、そんなでもないの。だけど、隣の方には次から次へ鈴生《な》り。まるで、ピーマン祭り」

父も首をかしげながら、

「どういうわけだろうな。土は同じ。肥料も変わらない。ひとつの店で買った、同じような苗なんだが」

「生命の神秘だわねえ」

感嘆しあっている。美希は、じれながら、

「それは、それとして……」

母が、

「あ。シフォンケーキには、紅茶の方が合うわね」

そういうことではない。母は、いそいそと台所に向かう。リフォームを終え、ぴかぴかに輝いている。

「そうだ。あのキッチンでの記念すべき、第一回目の料理が――」

台所から母が、

「――お父さんのピーマンを使った、チンジャオロースだったのよ」

「おいしかったなあ」

「お父さんのピーマンがいいから」

にこにこしながら、父が答える。

「いやいや、お母さんの腕がいいんだ」

## 17

おみやげの《変り絵》を取り出す。一枚の紙だ。

「真ん中に描かれた絵が、脇や上下を折っていくことで変化する」

「うんうん」

「で、これは、見てもらえばいいんだ。問題は――」

「煙草入れか？」

「うん」

父は、腕を組み、

「落語の中の登場人物が、《新聞紙で煙草入れも十二折った》といった。それは、おかしい。ひとつあれば足りるはず。これは、《十二煙草入れ》というものを折ったんだ。そういう話だよね」

「うん」

「結局のところ、新聞紙で煙草入れを折った――という話だ。金のかかる、趣味の煙草入れはある。しかし、庶民の身近にある、親しみやすいものといったら、いうまでもなく《紙》だ。《変り絵》もそうだが、日本では昔から、――紙を折り、いろいろなものを作って来た」

「……鶴とか」

「そうだな。折り鶴というのが、折紙の代表だろう」

「うん」

「そこで、こんな本がある」

父が取り出したのは『千羽鶴折形』。著者は笠原邦彦、すばる書房から出た本だ。こういう本も、父の守備範囲なのだ。

巻頭のカラーページを見て驚く。おなじみの鶴が、翼の先で繋がっていたり、親亀の背中に子亀を乗せたような二羽の形になっていたり、口と口を合わせたりしている。

ぱらぱらと見てみると、作ってから接着剤で貼り合わせるのではない。一枚の紙に様々な切れ目を入れ、幾つもの鶴を折り出していく。

創造力、構想力に圧倒されてしまう。父がいう。

「これもまた、日本人が紙と親しんで来た証拠だ。元は、江戸の寛政年間に出版された本になる。《魯縞庵・作》となっている。折紙作家の笠原さんの手でまとめられたが、原本を持っている人、研究者など、多くの名があげられている。そういう方達がいて、ようやくこれを見られるわけだ」

鶴は形に応じて、蓬萊、花見車、村雲など風流な名前がつけられている。

「例えば、中に《杜若《かきつばた》》なんてのがある。これだ」

大きな鶴のくちばしの先に、小さい鶴の背中が繋がっている。親鳥が雛に《よしよし》といっているようだ。

「よく考えるねえ……」

「感心するだろう。で、もし、《鶴の杜若を折っていた》と書いてあったとする。そこで、一所懸命、鶴なのだからと『鳥類図鑑』、杜若なのだからと『植物図鑑』を探しても、この折形にはたどりつけない。――そうだろう？」

父は、にこりと笑う。

「あ……」

# 18

「十二煙草入れを折った、というなら、まず当たるべきは――」

「……折紙の本なんだ」

いわれてみれば、当たり前だ。

「紙の煙草入れは、普通にあった。だとしたら、出来合いのものに限らない。その辺の紙を折った物入れに、刻み煙草を詰めたって不思議はない」

「うーん」

「うちだって、お母さんが広告の紙を折って、ミカンの皮を入れる小箱を作ったりしたろう」

確かにそうだ。母は器用にそんなものをこしらえ、テーブルの上に出した。

「同じ笠原さんが、サンリオから出した、こんな本がある」

大きめのものだ。『おりがみ新世界　名人達の傑作集』。第一章が「伝承作品の発展及び変身」。目次を目で追って行く。中にあったのが、

――十二莨《たばこ》入れ・箱
「……見せてやろうって、これなのね」

「そうだ」

父は、新聞紙で折った現物をさし出す。

「おお！」

お手製だ。紙製の財布、といった感じ。軽いが重い。艱難辛苦《かんなんしんく》の宝探しの末、ようやく目指すものを手にした探検家の気分だ。

「紙二枚で作る。新聞紙一ページを二つに切って、それで折った。昔の新聞は今より小さかったろう。柳家小せんの時代には、二枚を使って、そのまま作ったかもしれない」

眺めつつ、

「《十二煙草入れ》っていうわけは？」

「物をさし入れられる口が十二あるからだ。しかし実用品として、全てが物入れにはならない。煙草入れにするなら、半分に折り、下の大きい口を煙草入れ、上を蓋《ふた》にするしかない。実際に使える口はひとつだろうな」

なるほど。

「でも、ネーミングとしては、《十二》とつけた方が面白い」

「そうだなあ。その方が花がある。――ここに笠原さんの注がある。折り方の出典についてだ」

大正4年（1915）7月10日。長久社（東京）発行。

鈴木江南著、『カミオリモノ』。

これは昭和53年（1978）10月に、岡村康裕さんが復刻され、私達の貴重な資料となっているもの。

「明治に生まれ育った久保田万太郎は、ごく普通に、これを知っていたわけね」

「そういうことだ。しかし、今の人には、まず分からない。伝える者がいないと途絶えてしまう。記録に残してくれる人がいて初めて、こういう伝承折紙が、後世へ伝わるわけだ」

「消えてなくなるのは残念だものねえ」

「それはそうだ。しかし、『居残り佐平次』という落語から《十二煙草入れ》という言葉を消し去るのは正しい判断だよ。名前を出しても、誰にも分からない。わざわざ説明をつけて語るようなものでもない」

三遊亭圓生は、ただ《新聞の古いんで煙草入れを折って》といっていた。

「噺も生き物なんだね」

「そうだ。時と共に新しいものが加えられ、捨てられるものもある。で、今回の件で大事なのは、ここから先だな」

「ほ?」

## 19

「分からないことが分かるのは面白い。発見の喜びがある。しかし、《十二煙草入れ》が何かというのは、ただの知識だ。分かってみれば、——ああそうか、というだけのことだ」

「そういっちゃうと身も蓋もないけど……」

「一方、落語の中にも消してもらいたくない、残しておいてもらいたい言葉はある。——前に、古今亭志ん朝の話になったな」

「うん」

平成の名人である。

「志ん朝さんの人柄については、その時にちょっと話したが、いいエピソードが多い。——関西の落語家に、桂文珍という人がいる。独自の切れ味を持った人で、文章も面白い。『落語的ニッポンのすすめ』という本がある。新潮文庫に入っている。そこに、前著『落語的笑いのすすめ』を出した時のことが書かれている」


東京・新宿の紀伊國屋書店で出版記念サイン会をしたのですが、アイドルでもない、ベストセラー作家でもない、私のサイン会なんて人が集まるの？ と心配していましたら、その予測は見事的中！ 本を買って並んでくださったのはわずか数人で、なかにはスタッフまで入っている情けなさだったのです。

そのとき、帽子を深くかぶった紳士が「皆さん、今、桂文珍さんがサイン会をやってますよー。ハイ並んでくださーい！」と声を張り上げ、お客さまに本をセールス、サインのために並んでもらい、列の整理までしてくださったのです。

ありがたいなあ、出版社の人かな？ と思いつつサインをしていましたら、その紳士が私にだけわかるように、ひょいと帽子を上げて、「ご苦労さま。頑張ってね！」と言って人込みに消えて行きました。

古今亭志ん朝師匠でした。


あっと息を呑んでしまう。

「――文珍は《本当にうれしいかぎりでした》と書いている」

「月並みな言い方になるけど、胸が熱くなっちゃうね」

父は頷き、次に紙を取り出し、そこにこう書いた。

『口訳万葉集』　折口信夫《おりくちしのぶ》

20

首をひねる。父はいう。

「ミコは編集者だ。これは、日本文学史上に屹立《きつりつ》する高峰、折口信夫の著作のひとつだ。この題名を出され、ルビを振れといわれたら、どうする」

「え……」

入社試験でも、やられているようだ。

「どうだ」

「……『万葉集』の方は間違いようがないでしょ。『口訳』に、何か特別な読みがあるとか……？」

「いや、問題は《間違いようがない》といった方にある。折口の読みを尊重するか、現代流に《まんようしゅう》とルビを振るか――だ。編集者なら、そこで悩む」

「え？」

「折口は《まんにょうしゅう》と読んでいたんだ」

意外だ。

「古めかしい感じを出そう……というわけ？」

父は苦笑し、

「逆だよ。折口が、この本を出した頃は、日本中どこでも、誰でも『まんにょうしゅう』といっていたのさ」

びっくり。夜だと思って窓から顔を出したら、昼だったようだ。父は、続ける。

「――蝿捕りリボンのない世界にいると、昔の当たり前が分からなくなる。江戸の国学者も、明治の人も大正の人も昭和の初めの人も、皆な、『まんにょうしゅう』といっていた。――天王寺という地名を、《てんおうじ》とはいわない。誰もが《てんのうじ》という。《ん》と《お》が繋がると、ごく自然に、そうなる。《まんよう》も《ん》と《よ》が続くから、声に出しているうちに《まんにょう》になる」

「あ、そういうの外国語にもあるよね」

「そうだなあ」

「……とすると、《まんよう》って読み方は《まんにょう》以前――はるか大昔の、原型ってわけ？」

「学者がそういう説を出した。《まんよう》が本来の読みなら、そちらにしようと考えた人がいる。佐佐木信綱だ。――折口の教え子、水木《みずき》直箭《なおや》は『随筆折口信夫』という本の中で、こう書いている。――《紀元二千六百年を記念して、マンニョウシュウと言うことを止めて、マンヨウシュウと言うことにしようではないか、と言われたのが、佐佐木信綱先生です》」

「おお」

「それを知って水木は、愕然とした。これは無茶だ。――本居宣長も『万葉代匠記』の契沖《けいちゅう》も含め、今まで誰もが『まんにょうしゅう』といってきた。《皇》という字は、中大兄《なかのおおえの》皇子の《おう》だ。《天皇》と書いて、今は誰もが《てんのう》と読む。それなら、天皇陛下も《てんおうへいか》と読め――というのか」

「理屈だよね」

「無論、この場合は、『まんにょうしゅう』だけを『まんようしゅう』と読もうという提案だ。歌の世界の指導的立場にいた佐佐木信綱がいったから、そうなった。――でなかったら我々は、今も『まんにょうしゅう』といっていた」

　違った世界を覗くようだ。

「折口は、反対だったんだね」

「大昔、どういっていたかなど、正確には分からない。録音して来ることなどできない。だとしたら、これまで『まんにょうしゅう』といって来た伝統を、簡単に捨て去っていいのか——という立場だった」

「へえー」

「そこで、落語の話になる」

## 21

「関西に桂米朝《べいちょう》という人がいた。人間国宝だ。はかりしれないほど大きな存在だ。代表的演目のひとつに『はてなの茶碗』というのがある。不思議な茶碗が出て来る。時《とき》の帝《みかど》がそれを手にして、首をかしげる。その場面が、ちくま文庫『上方落語　桂米朝コレクション　4』に入っている」

「はてな、おもしろき茶碗である」と、筆をお取り上げになりますと、箱の上へ、万葉仮名で〝はてな〟と箱書きがすわった。

「——米朝は、これを《まんにょうがな》といった。……お父さんが、米朝の『はてなの茶碗』を聴いたのは、はるか昔のことだ。まだ若かった。《万葉》の読みなど意識する前だった。

——しかし、米朝が《まんにょう》と口にした途端、確かに《はてなの茶碗》が存在した、《まんよう》と読む今——ではない空気に包まれた。そこに芸の力があり、言葉の力があった」

若き日の父が、目に浮かんだ。

「帝は……《まんにょうがな》で書かれた……」

「理屈じゃあない。聴く者には、そういう空気が伝わる。本能的に分かる」

「……」

「能や狂言、文楽や歌舞伎などに、今は消えた昔の言い方が残っていることがある。時の缶詰のようだ。そこに、言葉という生き物を、連綿と伝える芸能の命がある。——米朝は先輩から受け取ったバトンを、後世に渡してくれた」

「……うん」

「ちくま文庫では、続く《大阪の金持ち、鴻池善右衛門、当時日本一の金満家》に《こうのいけぜんえもん》《きんまんか》とルビが振ってある。これはなくてもすむ。ところが、どうしたことか《万葉仮名》にルビが振られていないんだ」

「……」

「ルビがないと《まんようがな》と読まれてしまう。そうなったらもう、米朝の噺ではない」

「うーん」

「いい加減に作られたわけはない。今の読みは《まんよう》だからという方針があったんだろう。——しかし、米朝の噺というなら米朝の噺として残してほしかった。——消えてしまい、もう伝えなくていいものもある。しかし、今はないからこそ、伝えてほしいものもある」

父は、ちょっと間を置き、

「——米朝の弟子で、爆笑王といわれたのが、桂枝雀《しじゃく》だ」

その姿を思い浮かべているようだ。

「知ってる」

にこやかな笑顔が見える。

「枝雀も、この噺のこの場面では、師の言葉を受け継ぎ《まんにょうがな》といっている。録音や映像が残っているから分かる。米朝の心が残っている——と胸をうたれる。枝雀に先立たれたのは、米朝にとって衝撃だったろう。長生きして、若い者の死を見るのは、年寄りにとって哀しくつらいことだ」

父の顔が曇る。

「……米朝はさらに、後継者と目していた桂吉朝《きっちょう》をも失う。この時には支えをはずされたように、見るも無残なほど、力を落としたそうだ」

頷くしかない。

「……吉朝は才能に恵まれた人だったという。お父さんは、彼の『はてなの茶碗』を聴いていない。しかし、関西落語にくわしい友人がいる。聞くと友は、きっぱりと答えた。——吉朝は、確かに《まんにょうがな》といっていた、と」

「はあ……」

「落語が、活字ではなく、人の口から耳へと伝えられることの意味が、ここにある。敬愛する人の息づかいと共に言葉のバトンが渡される」

## 22

「ここで古今亭志ん朝の話になる。志ん朝も、この噺をやった。父の志ん生は『茶金』という題でやっていたから、志ん朝もその題を受け継いだ。しかし中味の方には、米朝に近い緻密さがある」

父は、ＣＤブックを取り出す。小学館から出た『東横落語会　古今亭志ん朝』だ。

「……取材と文は、石井徹也さんとなっている。千日前トリイホールの代表、鳥居学さんのところにこうある」


平成三年四月にトリイホールの柿落《こけら》としのお披露目として、桂米朝師匠に『はてなの茶碗』を演じて戴いたときのことです。お披露目の催しには芸界の方々をご招待し、もちろん志ん朝師匠にもお越し戴きました。

志ん朝師匠は、最初でこそ席に座っていらしたのですが、米朝師匠の噺になると、すうっと席を離れ、柱の陰に立ったまま聞いていらっしゃいました。客席に座ったまま客として米朝師匠の噺を聞くなどおこがましい、と思われたのでしょう。その姿を見て、「ああ、本当に筋の通った立派な人やなぁ」と感じ入りました。

米朝の『はてなの茶碗』を、座って聴いてはいけないと思う古今亭志ん朝が、ここにいる。米朝への敬意、噺への敬意がそこにある。

父は続けた。

「志ん朝の『茶金』は、ちくま文庫『志ん朝の落語　5』に入っている。この編者が――京須偕充さんだ」

「あ……」

秋の鼎談会で、お話を聞かせていただいた方だ。京須さん。そのことは、父に伝えてある。

父は、ちくま文庫を開いた。

「京須さんの、大きなお仕事は何か、いうまでもない。『圓生百席』という歴史的録音を残されたことだ。――それに比べれば、志ん朝が、この噺のここでどういったかは、ごくごく小さなことだ。しかし、お父さんはここに、――輝くように、見事な仕事があると思う」

帝が茶碗を手にし、首をかしげた場面である。志ん朝の言葉には、こうルビが振られていた。

箱の蓋《ふた》のところに万葉仮名《まんにようがな》で「はてな」とご染筆なすった。

付記

たばこと塩の博物館では、学芸員の西田亜未さん、鎮目良文さんにお話をうかがいました。

桂吉朝の『はてなの茶碗』については、上方落語愛好家の三浦雅嗣氏にご教示いただきました。

御礼申し上げます。

## 十二煙草入れ・折り方

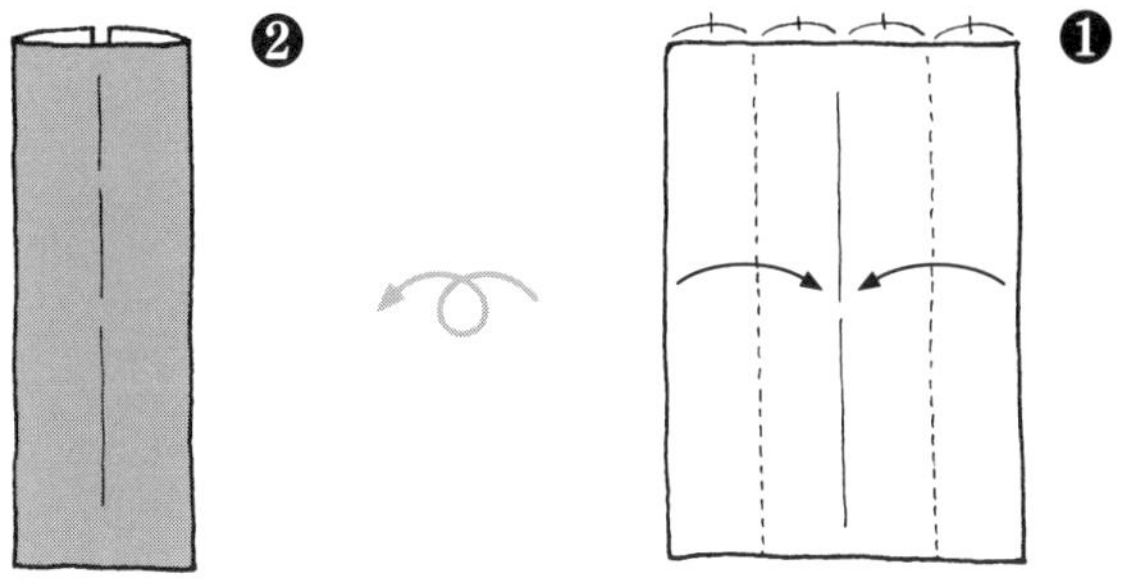

同じものを2つ用意する

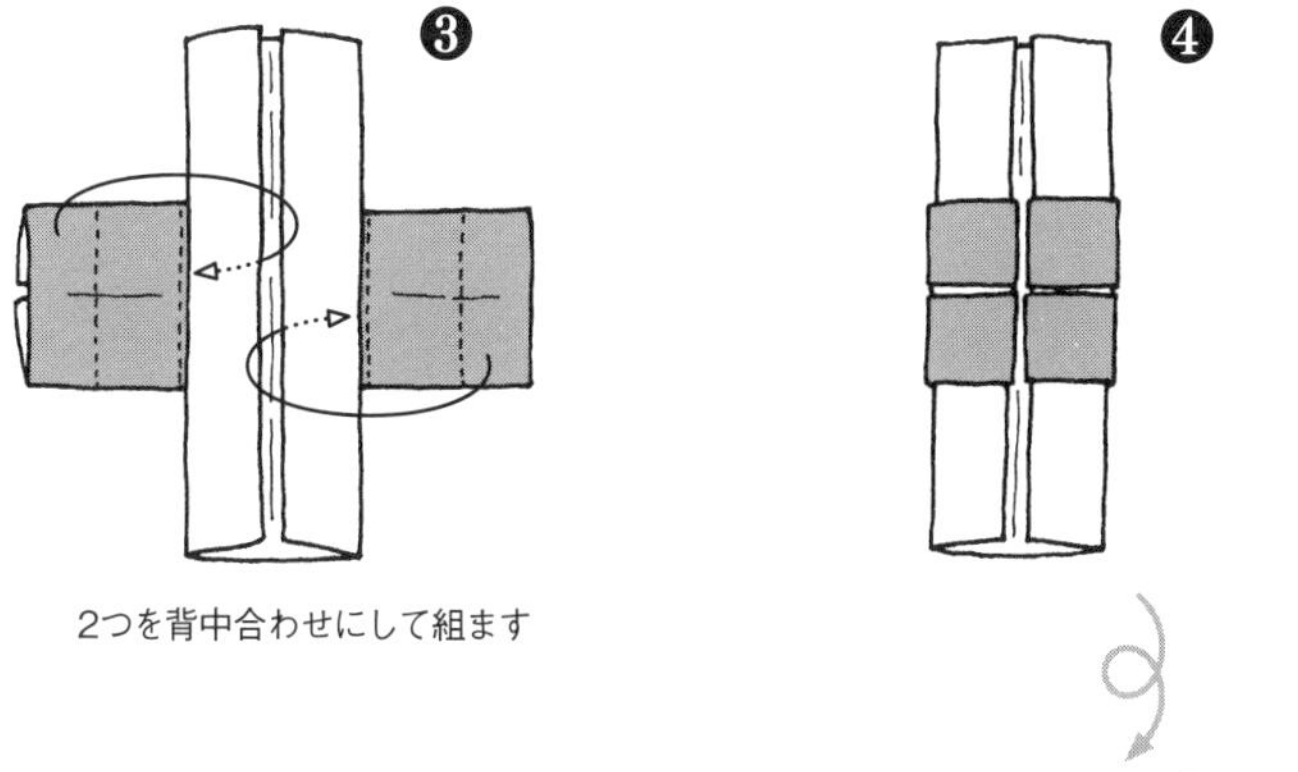

2つを背中合わせにして組ます

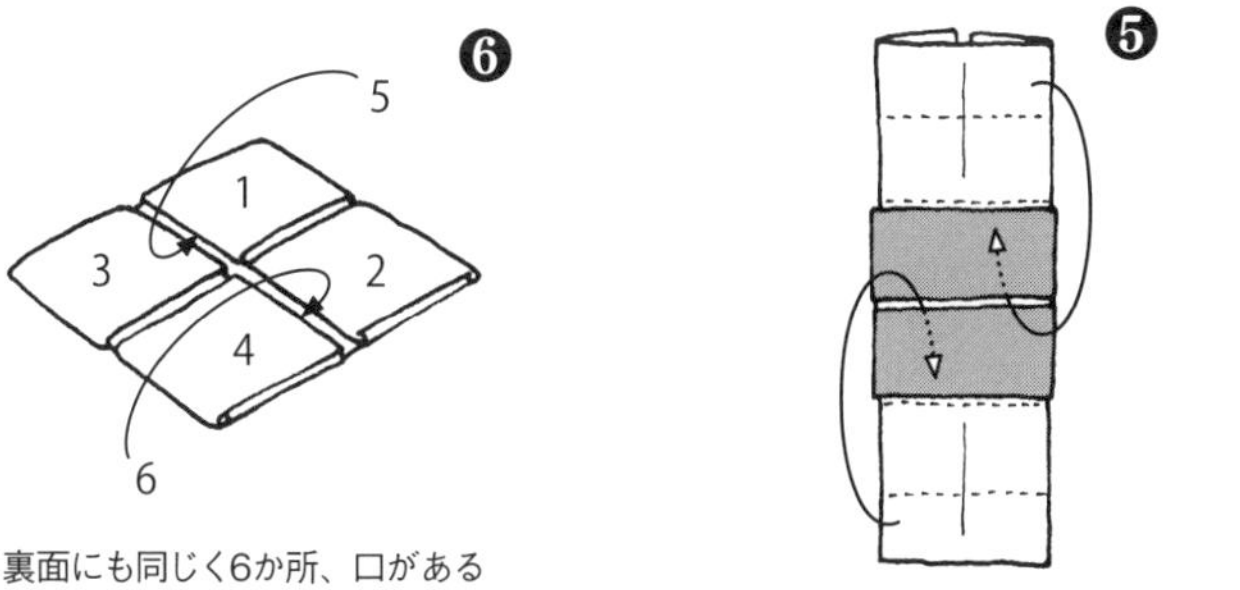

裏面にも同じく6か所、口がある

イラスト・上楽藍

# 芥川と最初の本

## 1

何かと制限の多い日々が続いていた。それも、ようやく緩和されつつある。

大物作家、村山富美男先生のご機嫌がいい。『小説文宝』で、新たに先生の担当になった柴田李花が、

「解き放たれたような、お顔です」

繋がれていたワンちゃんが、野性に目覚め、走りだすような具合だ。どこに向かって走るのか。――ソフトボールである。

趣味の多い先生だが、体を動かす方では何といっても、それになる。先生はかつて、日本推理作家協会の会長でもあった。《作家編集者の運動不足解消と懇親のため》、作家チーム、ミステリーズを結成。ライバルとなるべき編集者のエディターズも誕生させた。

固定されたチームではない。その都度、野球が好きだから――あるいは懇親のためにと、顔

を出す者がいる。

ボールがホームベースに届かない女子が、ピッチャーになることもある。のどかな試合をやるわけだ。こういうことは、熱心に引っ張る人がいないと長続きしない。村山先生が、そのカリスマだった。

ところが長いこと、試合などのイベント決行不可の日々が続いていた。先生の意欲はその間に失われたか――と思うととんでもない。逆である。

そしてこの春、ＷＢＣの決勝戦が、大谷がアメリカの主砲トラウトを三振させるという、まるで脚本ができていたかのような幕切れとなり、続いてプロ野球も開幕。

「天の時、来たれりっ。我々もやるぞーっ」

と、村山先生が吼《ほ》えた。

以前は、文宝出版の田川美希が、幹事役を務めていた。大学まで本格的にバスケットボールをやっていた――というスポーツウーマンぶりと、さらに持って生まれた面倒見のよさを買われていたのだ。

その美希も、編集者としてベテランの域に達しつつある。そうそう、お世話もしていられない。他社に、高校時代、野球部にいたという若手がいたのを幸いに、役目を引き継いだ。

今回からは、連絡を待てばいい気楽な身分になった。

## 2

五月吉日、出版界伝統の一戦が——というほどではないが、めでたく再開されることになった。

文宝出版からは『小説文宝』の三人が参加。多少、走る面で力が落ちたかも知れないが豪打に期待できる筏丈一郎。村山先生の担当、若さ溢れる柴田李花。そして、今までの繋がりから、田川美希が参加する。

「先輩、先輩」

と、李花が聞いて来る。

「何だい、リカちゃん」

「服装ですけど、運動に適したもの、走れる靴とあります。下は別にいいんですけど、シャツにはデザインがあります。どんなものでも、いいんですよね」

「そりゃそうだよ」

満足そうに、うんうんと頷く李花。

「何だい、どうしたんだい」

「むふふ……」

怪しげだ。秘密を持つのは大人になった証拠だと太宰治がいっているらしい。

——リカちゃんも、大人だなあ。

と思う美希であった。

その謎が解けたのは、試合の当日。美希にとっては、昨日までいたかのようでもあり、妙に遠く、懐かしくも感じられる青山の野球場だ。

プレーの服装に着替えた李花を見て、

「あっ」

文字通り、あっといってしまった。担当する村山先生に喜んでもらおうと気合を入れたのだろう。筏丈一郎が、顔をほころばせて、

「大谷だね」

16番。大谷は、所属するエンジェルスでは17番だが、WBCではこの背番号になっていた。白地にストライプ、JAPANという文字が、李花の胸で踊るユニフォーム。

「レプリカですよ」

「そりゃ勿論だけど、すぐに売り切れたんじゃない？」

「今日の日を予期してましたから、村山先生を驚かせようと」

やっぱりだ。これを見れば、先生の執筆速度も大谷の打球のように速くなるだろう。文宝出版の仲間の反応にガッツポーズを取っていた李花だったが、黄金の時は長く続かなかった。

春秋書店の三人がやって来たら、

「あっ……」

口を開いたのは、今度は李花。

三人とも、それを着ていた。あちらも驚いたようだが、たちまち李花を囲み、

「大谷の、買えなかったんですよ」

「凄いなあ」

「いいなあ」

抜群の運動能力を誇る手塚が、番号を指し、

「僕、吉田正尚《まさたか》です」

あとの二人が、《僕、ヌートバー》《僕、村上》と続く。

李花は、満を持したファッションで恋人との待ち合わせ場所に行ったら、周り中、同じものを着ていたように萎《しお》れてしまう。

美希が近寄り、

「リカちゃん。人の考えることは、別の人も考えてるもんだよ。雑誌の練りに練った企画が他社とかぶる、担当の先生の力のこもった新作が別の作家さんとそっくり——そういうことも、時にはあるさ。気を落とさずに——」

「……はーい」

と、健気《けなげ》な李花である。

# 3

願ってもないような青空だったが、天気予報によると夕方から崩れるらしい。

ＷＢＣユニフォームを喜んだ村山先生が、空を指さし、

「雷が鳴ったら即中止ね。ちょっとの雨なら、続行だよ」

といって、あちらのベンチに去って行く。

ミステリーズは十四人、エディターズは二十三人だ。人数と、親睦という趣旨から、守備に関係なく、全員が次々とバッターボックスに立つ。

打順は、会社の申し込み順。三人の中では年齢の若い方から、李花、筏、美希と決めてあった。

揃ったところで発表があり、最初の参加メールを送ったのが春秋書店、次が文宝出版だった。

「わっ。リカちゃん、四番だ」

「――い、嫌ですよ、そんなのっ」

「関係ないよ。ただの順番だから」

しかし、見た目には、吉田、ヌートバー、村上と続く、とんでもない打線だ。先頭の手塚は吉田らしく、堂々の二塁打。後が続かず、ツーアウトで、李花になった。

「おっ、ショータイム！」

と、声があがり、

「だから嫌だっていったのにー」

ぼやきながらも打席に向かう李花。振ったバットは、めでたくボールに当たりセカンド前に飛んだ。しかし、送球が早く出塁できなかった。

「どう?」

李花は、息を切らせながら、

「……自分の足が、思ったより遅いのに驚いてます」

思ったより——というところから、

「何か、運動やってたの?」

「……は、恥ずかしながら、高校時代は陸上部でした」

「おー」

「でも、運動は苦手だったんです」

おかしい。

「大いなる矛盾だね」

「運動といっても幅は広いんですよ」

それは分かる。バスケットボールをやっていた美希だが、スポーツ万能というわけではない。

李花は続けて、

「——体育の授業の時は、いつも緊張してました。……それにしても、足に関する記憶と現実のギャップがショックです。入社二年目――フレッシュな感じ出してますが、うーん、高校時代は六年前。もう、……遠い昔です」

「そんなこといわれたら、こっちはどうしていいか分からなくなっちゃうよ」

李花は、キッと顔を上げ、

「今度は、死ぬ気で走ろうと思いますっ」

決死の形相《ぎょうそう》に、

「そ、そこまで、やらなくてもいいよ」

WBCユニフォームの四人で、一回の裏が終わった。

当然のことながら李花は他社の人たちに、春秋書店の新人――として、記憶されることになってしまった。やれやれ。

その李花の、足の見せ場がやって来た。第一試合が同点。ソフトボール規定の七回で決着がつかなかった。こういう場合、七回最後の打者を二塁に置き、ノーアウトで攻撃スタートとなる。で、エディターズ最後の打者が李花だった。

タイブレーク。表は無得点に抑えた。裏の攻撃で、こちらがホームインすればサヨナラになる。

筱がしぶとくレフト前に運び、一、三塁。美希の登場となった。

――リカちゃん、何とか、返してやるぜっ。

先輩ーっ、という李花の心の叫びが聞こえるようだ。

「創刊百年っ――『小説文宝』の名にかけてーっ！」

塁にいるのが後輩二人である。執念の一打は弾丸ライナーにはならなかったが、運よくライト線内側にぽとりと落ちた。

必要以上に一所懸命、つんのめるように走って李花がかえって来た。

4

第二試合。ミステリーズのピッチャーは、ついに真打ち登場。村山先生がマウンドに立った。

「ベーブ・ルース……」

と、つぶやく李花。美希が、

「ベーブ・ルース、知ってるの？」

「いいえ、よく分かりませんけど、村山先生――あの強靱な肉体、存在感。まさに、伝説の野球選手です」

それを目の当たりに見られるのだから、ありがたい。ピッチャーへと、矢のように飛んで行った打球を、迷いなく、ばしっ――とつかむ姿は神々しい。敵味方、関係なく歓声と拍手を送る。

――青山球場に、大谷登場だ。

と思う美希。

さすがに、本物と違って三振の山こそ築かないが、老練。打たせて取る村山投法にはまり、第二試合は、あっさりエディターズの敗北に終わった。

グラウンドの予約は五時まで。その前に切り上げ、解散になった。以前なら、盛大な打ち上げになだれ込むところだが、まだまだ、自粛。

「久しぶりに、全身、汗をかきました。代謝しっかり、感覚すっきり」

と李花。

「――来年こそ、もっとチームに貢献したいです」

と微笑むので、美希が、

「これ、……今年の開幕戦だよ」

「えっ」

李花は、大きな目をますます大きくする。終わりじゃないのだ。

「合宿もあるんだよ。前のようになるなら」

「本当の、部活じゃないですか！」

「村山先生、ますます元気になったようだから、なかなか手をゆるめちゃくれないだろうね」

李花は、首を左右に振り、

「皆さんのお元気さには、頭があがりません」

久しぶりに、マスクなしの大勢の顔を見る。新鮮だった。人と会うことを思い出したような一日だった。

その快感とは別に翌日、会社で、

「……太腿がねえ」

「がんばった証拠ですよねえ……」

と、筋肉痛について語り合う二人だった。

5

村山先生のお好きなもので、編集者もご一緒するのが落語の会。こちらも長いこと、ご無沙汰していた。

ようやくその機会が得られるようになった。五月の末には、神楽坂で人気の真打ち二人の会があった。たちまち売り切れの大人気だったが、ぬからぬ美希の手配で、何とか三枚取ることができた。

これには李花への、落語のレクチャーという意味あいがある。

昼の会であった。真打ち二人は、この後、上野と浅草でそれぞれ夜席のトリを取るという。枕で語っていたが、それだけ当代人気のご両所ということだ。

終わってから、神楽坂を歩き、お茶のできる店を探すが、どこも一杯だった。街がひっそりしていた頃に比べ、様子がすっかり変わってきた。

美希がオレンジのシャツの半袖をひるがえしつつ、あちこち覗く。ようやく、大きな喫茶の二階席に腰を落ち着けることができた。

「面白かったです」

　と李花。

「そりゃよかった」

「骨董鑑定の番組なんか、好きでよく見ます。今日も、そういうのが出てきましたね」

　古道具屋の話があったのだ。

「うん。……落語の神様みたいなのが、古今亭志ん生。僕も、高座には間に合わなかったが、落語指南をしてくれた先輩が、レコードの全集を貸してくれた。志ん生といえば、十八番中の十八番が『火焔太鼓』。その枕を聞いただけで、引き込まれてしまったな。――古道具屋に行くと、いかにも古そうな額がある。字が読めない。何て書いてあるんですか、と聞いても分からない。ことによったら、小野道風あたりの書じゃないか――と買って来た。日の当たるところでよく見たら《今川焼》と書いてあった」

「はあ……」

「店の看板だった――というわけだが、この《今川焼》というセンスが何ともいえなかったな。今川焼の実演販売なんてえのは、何十年か前まで、確かにあった。デパ地下でやってるところもあった。囲んで見てる人は、絶えなかったな。同じ動作の繰り返しだが、つい見てしまう」

　先生は、そこで記憶のページをめくる表情になり、

「――こういう話なら、現実にもあるぞ。登場人物がいい。夏目漱石だ」

「おお」

「柴田宵曲《しょうきょく》という人が書いている」

おや——と李花。

「わたしもシバタです」

「そうだったね。こちらの名前は、宵闇《よいやみ》の《宵》という字に、名曲の《曲》をつける。音読みにして《ショウキョク》。性質が消極的だから——とつけたそうだ」

「うーん、控えめな方ですね」

「その人の残した短い文章は、まことに貴重かつ愛すべきものだ。補遺まで加えて中公文庫に入ったのが、『漱石覚え書』。中に『篆字《てんじ》』というのがある」

間違いのないよう、原文を引いておこう。


漱石が古道具屋で印を買って、篆字がよくわからぬのを、菅白雲《すがはくうん》に手紙で尋ねたら、その一は「版権免許」の四字であった。そこで又はがきで「篆字を調べてもらつた処はい、が版権免許は驚ろいたね、元来何に使つたものだらう、どうも御苦労さま、難有《ありがた》いがつまらない」と申し送った。


篆字とは、漢字の古い書体のことだ。

「漱石が古道具屋に行った。ゆかしげな文字の彫られている印がある。——買った。昔の文人は、書や絵に押す印に凝ったからね。いいものなら、欲しくなる。——ところが、何と書いてあるか、どうしても読み取れない」

「まあ、そこが味なんでしょうけれど」

と美希。

「ギブアップして、専門家に聞いてみた。そうしたら《版権免許》だという。どこかの役所から出版社から、流れて来たものだろう」

「風流——と思ったら、とんでもない。まさに《今川焼》の話ですね」

「人生は落語だ」

6

「芥川龍之介も、印を多く愛蔵していた。漱石は書画に押したが、——芥川の場合は、実用以上に、コレクションの意味合いが大きかった。名の知れた作者の彫った、趣のある印を集めていた。美術品収集だ」

気に入った石の印を掌に転がし、にんまり。眺めたり押したりして楽しんでいる芥川の様子が見えるようだ。喜びの方向性としては、今の人がガシャポンの大人買いに凝るようなものだ。

「……らしいですね」

「うん。で今、話に出た菅白雲は、漱石のごく親しい友人だ。書家として知られる。本名は虎雄だな」

「――菅虎雄」

「そうそう。で、本業は教師、一高で芥川にドイツ語を教えていた。菅が先生、芥川が生徒」

「おや、そんな繋がりが――」

「芥川は卒業してからも、熱心に菅の家に行っていた。書家としての白雲に、思い入れがあったからだ。柴田宵曲が書いている。――漱石は、小説以外の『文学評論』とか『社会と自分』の扉に、白抜きで題字を入れている。それが、菅の書だという。《漱石山房の標札》も、雑司谷の漱石の墓石の字も、書いたのは菅白雲だ――と」

「わあ。お墓の字まで」

いかに、菅の書と漱石が繋がっていたか分かる。

「芥川が菅白雲の家に行っていたのは、どうしてか。――夏目先生は、菅の手になる《漱石山房の標札》を掲げていた。弟子は敬愛する師匠の真似をしたくなるものだ。自分も、菅白雲に書いてもらいたい。――そう思うのは、自然だろう？」

誘導尋問だ。美希は、こっくりをし、

「はいはい」

「芥川は、田端の書斎に《我鬼窟》という額を掲げていた。味のある字だ」

「――菅白雲ですね」

なるほど、と思う。先生は頷き、

「芥川だけじゃない。同世代で、孤高の異彩を放つのが、日夏耿之介《ひなつこうのすけ》だ」

「龍之介と耿之介……」

美希が、あやふやに受ける。先生は、より若い李花の方を向き、

「知っているかな？」

「えっ。……恥ずかしながら、コーノスケさんの方は、存じあげません」

「八巻本の全集も出ている。──我々の世代だと、中学生か高校生の頃、中井英夫の『虚無への供物』の出だしで出会う。そして、──ポーの詩『大鴉』の訳は、日夏に限ると思ってしまう。──落語でいえば、秋刀魚は目黒に限る、みたいなものだ」

「はあ……」

こんな具合だ。『虚無への供物』「序章」。

「日夏さんに名訳があるでしょう、〝むかし荒涼の夜半なりけり〟って……」

紅司《こうじ》がすぐ引きとっていった。

「ある嵐の晩に、ひとりの学生が、死んだ恋人のことを考えてまどろんでいるという、有名な詩ですよ。〝黄奶《こうねい》のおろねぶりしつ交睫《まどろ》めば〟ってわけですね。そこへ突然、大鴉がとびこんできて……」

「うーん。《コーネイのおろねぶり》ですか。いかにも、難しそうですね」

「まあ、そこが日夏調で、たまらないわけだ。トロトロと眠っている。日夏は、この詩の《ネヴァモア》、二度とない——という繰り返しを《またとなけめ》と訳している。異様だが、それだけに天才の仕事といえる。一度、目にし、耳にすると忘れられなくなる。『虚無』の登場人物も、《またとなけめ、またとなけめ、またとなけめ……か》とつぶやく」

「はあ……」

「日夏の、独自の文章も、ちくま学芸文庫から『日夏耿之介文集』が出て、簡単に読めるようになった。『文房之記』という中で、日夏は、自分の阿佐ケ谷の書斎には《黄眠艸堂》という菅白雲の額が掛かっている——といっている」

《漱石山房》《我鬼窟》、そして《黄眠艸堂》。

——これなるは、菅白雲の筆であるぞ。

そんな声が、聞こえてきそうだ。それだけ文人に愛されたということだ。

「——鎌倉にいた頃、芥川の《我鬼窟》と一緒に書いてもらったそうだ。日夏は、芥川の言葉を伝えている。——白雲さんは《僕の独逸学は怪しいが書では飯が喰へるよ》といっていた、とね」

7

「初めて出す本への思いというのは、特別なものだ。日夏の第一詩集は『転身の頌《しょう》』。大正六年刊行、限定百部。うち四十何部かを寄贈本にした。日夏は、そのそれぞれに番号を記した。何番が誰に行ったか覚え書きを作り、万一、古本屋に出たら、誰が売り払ったか、すぐ分かるようにした」

「うわあ」

と、悲鳴をあげる李花。

「『限定本のおもひ出』というのに書いている。見つけると買い戻し、犯人には二度と送らない」

「執念が、怖いですねえ」

「しかし、そのうちメモをなくしてしまい、裏切り者の名も忘れてしまったそうだ」

美希が、ほっとし、

「よかったですね。めでたしめでたし、ですよ」

「しかし、結果的にいうと天罰覿面《てんばつてきめん》。これを売ってしまった人間は、大変な損をしたことになる」

「どうしてです」

「日夏は、装丁を親しい友に頼んだ。『限定本のおもひ出』にはエッチングと書かれているが、最正しくはその友人の木版画七葉が収められている。友人は、気に入った黒の色を出すため、最上のインクを使い、何度もやり直しをさせた。——で、この友人というのが、後にフランスに渡って、過去の技法を復活させ、銅版画家として名をなし、レジオンドヌール勲章を貰う長谷川潔なんだよ」

びっくり。

「凄い人じゃないですか」

「そう。世界の長谷川だ。――藤田嗣治《つぐはる》は彼ならではの白で知られるが、長谷川の黒もまた独特のものだ」

「となると、……お高いんでしょうねえ」

どうしても下世話なところに関心を持ってしまう美希だ。

「そうだなあ。長谷川潔のごくいいものだったら、版画一枚――数百万円」

「あわわ」

「だが今、重要なのは金じゃあない。大正六年、困難を極めた印刷も終わり、日夏は、長谷川と祝杯をあげた。この時の気持ちは、忘れられないそうだ。――ここに、自分の、初めての本が生まれる喜びがある」

「……なるほど」

「僕もその時には、担当の編集者と銀座のビアホールで乾杯したよ。懐かしい。見本を十冊貰った。そのうち一冊を、帰りの電車で開いて読んだ。読みながら、わざと表紙が見えるように、立ててみたりした。そうして誰かが、――おや、その本はまだ、本屋に出ていないのでは？などと聞いて来るところを、想像した。――僕の本など、誰も気にかけるはずないのにね」

先生にも、そんな時があったのだ。

「可愛いですねえ」

8

「で、芥川の最初の本が――『羅生門』」

これは有名だ。

「はい」

「心をこめた自装本だ。貼られた題の文字を、誰に書いてもらったか、分かるね」

「こうなればもう、菅白雲しかないですね」

「勿論そうだ。そこから芥川の、昭和二年の夏までの作家生活が始まる。――亡くなった時には、多くの人が追悼文を書いた」

「コーノスケさんも」

と、李花。

「うん。タイトルはこうだ」

先生は、落語会のパンフレットを取り出し、その端に難しい字を書いた。

――俊髦

「これ、……何と読むんですか」

「しゅんぼう――だ」

「はあ――……」

「分かりやすくすれば、俊英といったところだ。芥川のことを、褒めている」

いかにも、日夏耿之介らしい。

「喜ぶにも、学問が必要ですね」

「『俊髦亡ぶ』と題し、日夏らしい調子で芥川のことを語った」

「はい」

「寸分の隙もないような会話をする芥川に、ある時、――君も昔会った時は美少年だったが、今は年に似合わず、崩れるように老いてしまったな、といったら、知恵に輝いていた顔に一瞬、悲劇的なものがよぎった」

「………」

「すぐにその色は消えた。しかし芥川は、いつものように言葉を打ち返してこなかった。その時の、不思議な沈黙を記憶している――という」

「……寂しくて、凄みのある話ですね」

「それから、もうひとつ。芥川の顔のこと。誰々に似ている――といっている。そんな話、今もするだろう?」

美希が引き受け、

「はいはい。よく、いいますね。A．B．C－Zの河合クンと、フットボールアワーの後藤が似てるって」

「前だけ、クン付けか」

「えへへ」

「芥川の長男が、芥川比呂志《ひろし》。俳優で演出家だ。この人は、プロ野球の名投手、パームボールを得意とする、小山正明にそっくりと評判だった」

「ご趣味の、野球に繋がりましたね」

「そういえばそうだな。——じゃあ、父親の方。芥川龍之介は誰に似ていたか。日夏は、どういう職業の人をあげたと思う？」

間を置く先生。答えを要求されている。しかし難し過ぎる。

「見当もつきませんね」

「ヒントは、僕が今、ここでそれをいい出した——ということだ」

目の前にあるのは、ティーカップだ。

「——喫茶店のおじさん？」

先生は、手を振り、

「違う違う。ほら、今日は何の会に行った？」

「ほ？」

「落語会だろう。日夏は、落語家の名前をあげたんだ」

「へえー」

長男比呂志は野球。龍之介は落語。どちらも、先生の好きなものではないか。

「『完本　正岡容寄席随筆』という、立派な本がある。岩波書店から出ている」

「正岡いるる？」

「広い心の《寛容》、その《容》と書く。しかし、よく怒った。感情的な人だったらしい。事典的にいうなら、寄席芸能研究家にして文章家……といったところかな。何より、天下の桂米朝や小沢昭一が師と仰いだ。人間国宝米朝が、いっている。《正岡容の弟子であるということを今も誇りに思っている》と」

「おお。大変な人だと分かりました。……まあ、《完本》なんて随筆集が出るだけで充分、凄いですけど」

「正岡のその本の最初には、写真のページがある。大正時代の、落語二人会のビラが載っている」

「……二人会」

今日と同じだ。

「そういう会は、人気のある、しかも釣り合いの取れる組み合わせでないと開けない。李白と杜甫、ライオンと虎、鰻と鮨――なんてところだな」

「鮨は、しゃべらないでしょう」

先生は、美希を睨み、

「反抗的な態度だな」

「いえいえ」

「いいたいことは通じるだろう。――で、その二人会の片方は、漱石が『三四郎』の中で登場人物に《天才》といわしめた、三代目小さんだ」

「それが鰻」

「まあね」

「すると、鮨は？」

紅茶を飲み終えていた先生は、コップの水を口に運び、喉を湿して、

「――初代三遊亭圓右《えんう》」

9

美希は首をひねり、

「その人の噺は、聴いたことがありません」

「時代が違う。聴けるわけがない。大昔のレコードがあるにはある。しかし、録音技術がまだまだだからな。本当の芸は、とても分からない」

「でも、二人会の一人だった。三代目小さんと肩を並べられる人――なんですね」

「そうだ。――明治には、綺羅星のごとく名人上手がいた。三遊亭圓朝以上の切れ味といわれ

た圓喬《えんきよう》、人気者の圓遊などなど。錚々たる顔ぶれの中で、二代目圓朝になったのが、――この人なんだ。並はずれた芸がなければ、許されないだろう」

「――確かに」

説得力がある。

「ところが、圓朝の名で高座にあがったことはない」

は？　という形の口になり、それを言葉にして、

「どうしてです」

「病床で襲名したんだ。その後、すぐに亡くなった」

「それは、……無念ですね」

末期の夢の中で、圓朝となって語ったのだろうか。李花が、

「その圓右さんが、芥川に似てるんですか」

「日夏がいっている。――芥川は、《故圓右によく似た婆さん顔》に《いたづら心を仄めかし乍《なが》ら》、東西の怪異譚を語っていた、と」

「うーん。《婆さん顔》ですか」

当人はあまり喜ばないだろう。

「そういわれれば、男性的な顔立ちとはいえないからな。なるほど――とも思う」

「しゃべる調子はどうだったんでしょう、芥川さん」

「そりゃあ分からない」

「顔は圓右――って、日夏さん、当人にもいったんでしょうか」

「どうだろうなあ。いわれたら、どう返したか。――少なくとも、芥川の文章を探しても、圓右についての言葉は出て来ない。芥川は、落語家の名前を何人かあげている。しかし、この人は出て来ない。こういう時の基本図書は、矢野誠一の『文人たちの寄席』だろうが、芥川のところを見ても、圓右の名は出て来ない。そうそう――」

と、先生はテーブルを軽く打ち、

「前の『小説文宝』に、原島先生が《十二煙草入れ》のことを書いていたろう」

「はい」

原島博先生。村山先生よりさらに年長。髪の毛の方も、年齢にふさわしくお寂しくなっている。お若い頃から神保町を歩いているという、古書好きだ。穴熊のように、本の山を掘って行く。

原島先生が『久保田万太郎全集』を読んでいたら、《十二煙草入れ》――というのが出て来た。どんなものか、ずっと気になっていたという。専門書を調べても分からない。

そこで美希が伝達役となり、父親に聞いてみた。何でも知っている父だから、

――フライパンとは、どんなものですか?

といわれたようにあっさり、現物を出してくれた。

長年の疑問氷解――喜んだ先生が、エッセイに書いた。

村山先生はにやりとし、古本道の先輩の胸元に、鋭くシュートボールを投げ込むように、

「確かに、万太郎の言葉なら、万太郎の文章で読むのが本筋だろう。しかし、《十二煙草入れ》なら――『文人たちの寄席』にも出て来るんだよ」

「えっ、そうなんですか」

その件では李花と一緒に、たばこと塩の博物館まで調べ物に行った美希だ。関わりがある。

「ま。――ちょっと僕に聞いてくれたら、教えてあげたんだがね」

顎を撫で、気分のよさそうな村山先生だった。

その日のうちに先生から美希に、三遊亭圓右の画像が送られて来た。今の担当は李花だ。李花にも行っているに違いない。

メールして、感想を聞いてみた。


うーん。芥川というより、河童に似てますね。

そう来るとは思わなかった。

## 10

美希は、原島先生の担当をしている。自分の関わった《十二煙草入れ》のことが気になる。会社の資料室にある『文人たちの寄席』を開いてみた。

門下である龍岡晋の残した聞き書き『切山椒』に、万太郎の、こんな言葉が拾われているという。

そういえば、こどもの時、店の者がそんなものを折ってみせたことがあった。ポケットのたくさんついたもので、十二あったかどうか知らないが。

勿論、この言葉だけでは、折り方など分からない。そこまで調べなければ、幻の《十二煙草入れ》とは対面できない。

それはそれとして、万太郎の子供の頃の、この思い出までは、原島先生も知らないだろう。しばらく経ち、電話でやり取りする機会があった。用件がすんだところで思い出し、話してみた。

「ほおお、村山さんから、そういう……御教示があったのかい……」

返事がゆっくりになる。温厚極まりない原島先生だが、本のことになると、ちょっと口惜しいらしい。

「……ぼくは万太郎の文章を読んだ。……『切山椒』は聞き書き……しかしまあ、間違いはないだろう。――そんなことをいえば、『論語』だって孔子の書いたもんじゃないからなあ」

ことが大きくなる。

「ええと――村山先生には、芥川について、あれこれレクチャーしていただきました」

と、美希がいうと、

「ん。……そりゃ面白い。詳しく聞かせてもらえないかね」

電話だが、身を乗り出すように聞きたがる。古書マニアの血が騒ぎ出したようだ。『羅生門』や圓右のこと、それから正岡容の名前が出たところまで話した。

するとどういうわけか、話の途中から、原島先生の機嫌がよくなって来た。

「そうかい、……ふふ、そうかい、ふふふ」

何だか、よく分からない。

李花とは、仕事の合間に芥川の話を、何度かした。世代の違いを知りたかったのだ。

李花はいう。

「思えば最初はEテレ……じゃなかった、まだ教育テレビでしたけど、『てれび絵本』というのをやってました。それで出会った『杜子春』が最初ですね」

「小学生?」

「いえ。幼稚園の頃です。朝の短い番組でした。杜子春が、ぼんやり空を見上げてるシーンが心に残ってます。淡い色合いの、中国の水墨画のようなアニメーションでした」

李花という名前の女の子が、そういう画面を観ているのは、よく似合っている。

「ふーん。——活字では?」

「中学生になると、文学全集に入っているのを、ぱらぱらとめくりました。一度読んだだけですけど『蜜柑』の、ミカンを放るシーンが頭の中に、くっきりと残ってます。——高校受験の時は電子辞書を使っていたんで、内蔵されてる短編小説にはまりました。──授業中でも読めるんで」

「おやおや、原島先生には、想像もつかない読書の形だね。そんなこと聞いたら、まさに未来世界のこと──と思うだろうね」

「おお。わたし、未来人ですか！」

美希は、ちっちっ、と指を振り、

「わたしたち、だよ。リカちゃん」

「あ……、失礼しました」

11

そうしたところが、過去からのお誘い──といっては失礼だが、原島先生から連絡があった。

「もうちょっとしたら、校了になるだろう」

「はい」

「日本近代文学館で、『芥川龍之介「羅生門」とその時代』というのが始まる」

「そうなんですか」

「『教科書のなかの文学／教室のそとの文学』という企画展だ。その皮切りになる」

「分かりますねえ。『羅生門』は、教材になる小説の代表ですよね」

「うんうん。——そしてね、あの文学館の喫茶は、ちょっと面白い」

思わぬ方向に話が飛ぶ。近代文学館なら、美希も資料調べに行ったことがある。しかし、急ぎの仕事だった。喫茶で休んではいなかった。

「はあ……」

「で、この間、君と若い子の二人、村山先生に芥川の講義を受けた——といっていたね」

「……はいはい」

「校了になれば、多少、時間の余裕ができるだろう。どうだね、君たち、研修として展覧会を見、その後、コーヒーでも飲みながら、ぼくの講義も、受けてみる気にならんかね。——いってみれば、二時間目だ」

静かだが熱い口調だ。美希の頭に、

——リベンジ。

という言葉が浮かんだ。村山先生と原島先生。本を振りかざした、おじいさんの戦い。

「……そ、それは、ありがたいですね」

断れる雰囲気ではない。

じりじりと暑く、影が以前よりずっと濃くなって来た頃、日本近代文学館に向かった。

美希は紺のパンツに、モノトーンのシャツ。李花は、ポニーテールに髪をまとめ、薄いクリーム色のノースリーブシャツだった。

「似合ってるよ」

「ありがとうございます。店頭のマネキン見て、一目ぼれだったんです。なんとなく、ユニセフの活動をするオードリー・ヘプバーンみたい——って、思ったんです」

どこかサファリっぽく、かつノーブルな感じ。

「オードリーのリカだね」

「そういわれると、芸人みたいです」

原島先生はご高齢。陽気が陽気だ。倒れられては困る。ご自分の庭のようにしている神保町で落ち合い、タクシーで向かった。

「こりゃあ助かる」

救出活動に温顔をほころばせる先生だが、内に秘めた闘志がうかがえる。

車ということで、正門ではなく、東門の方から入ることになった。

ひっそりとしている。静かというより、左手に見える旧前田侯爵邸のたたずまいもあいまって、よりおごそかに、静謐《せいひつ》——といいたくなる。

中の展示も密度が高く、菅白雲の書も勿論、見られた。

「へえー、菅虎雄って《日本初のドイツ文学士》なんですね」

説明文にそう書かれていた。何にでも最初はある。独文科の学士なら、今まで数多くいたろうが第一号が、この人なのだ。

芥川たちの出発点になった同人誌『新思潮』も並んでいる。漱石死去の際に、芥川の打った電報があった。

いうまでもなく、芥川の最初の本――阿蘭陀《おらんだ》書房版『羅生門』もある。今回のテーマから、『羅生門』のページの開かれた教科書も並んでいた。

「どう、リカちゃんの使ったのもある？」

「それはないですけど、羅生門の図には見覚えがあります。懐かしいです」

さて、芥川の世界に浸って心の準備ができたところで、下の喫茶ＢＵＮＤＡＮに向かう。

落ち着いた郷愁を誘う雰囲気。ほかのお客は、ひと組だけだった。

ゆったりしたソファーや、いわくありげな机と椅子もあるが、三人にはこれから講義がある。

普通のテーブル席につく。

メニューのコーヒー欄を見てびっくり。

「芥川……だって」


ある粉雪の烈しい夜、僕等はカッフェ・パウリスタの隅のテエブルに坐っていた。


という芥川の『彼　第二』が引かれている。夏に見ると、涼しくなる一節だ。美希が読みあげる。

「……パウリスタは大正二年にオープンしたお店。そこで出していたのがブラジルコーヒー。おお、――《「銀座にブラジルコーヒーを飲みに行こう」というのが「銀ブラ」の語源だとも言われています》」

李花が目を丸くし、

「そうなんですか！　じゃあ、ブルーマウンテンが名物だったら銀ブル。うーん、ジャワで銀ジャワってのは、いいにくいですね」

「普通は、銀座ぶらぶら、から――ですよねえ？」

と聞くと、先生が、

「だから、ちゃんと《――とも言われています》と書いてあるよ」

なるほど。語源説に完全正解は、なかなかないものだ。《BUNDAN》では、当時提供されていたであろうものを再現。ビールのような酸味とナッツのような甘さが特徴のこのコーヒーを「AKUTAGAWA」と名付けました》と書かれている。

先生の言葉を聞いた後だと、《――いたであろうもの》というのが、愛嬌があっていい。日によって飲めない時もあるようだが、今日はめでたく、芥川を注文できた。ほかにも《寺山》《鷗外》《敦》などなど。

「どうだね、文学探偵をやるには、ふさわしい場だろう」

と、先生が微笑む。

ほかにも、文学者にちなんだものが並んでいる。お菓子の方はそれぞれに、先生が《シェイクスピアのスコーン》、美希が《坂口安吾の特製生チョコレートケーキ》、李花が《村上春樹の三角地帯のチーズケーキ》を頼んだ。

背後の壁は、ずらりと書棚になっている。そこは編集者だから、気になって立ち上がり、ざっと背表紙を眺める。

「『ユリイカ』のバックナンバーがありますね。あ、……これ、読みたい」

と李花。

「どれどれ」

「二〇〇五年の『特集　ブログ作法』。……古き時代のインターネット文化を知りたいです」

先生が肩をすくめ、

「ぼくには、その辺が最先端に思えてしまうがな」

コミックもあり、近藤聡乃《あきの》の『A子さんの恋人』もあった。美希がお薦めし、あとで先生にお送りすることにした。

コーヒーとお菓子が来たので、いただきながら、講義を受けることになる。

## 12

「村山さんは、落語好き。『完本　正岡容寄席随筆』を開いて、まず、圓右・小さん二人会のビラに着目したところはさすがだな。——ぼくも見てみた。床の間掛けの軸物に仕立てられている。そこまでやるんだ。正岡にとって、これが大事な会だったと分かる。——大正十二年五月、神田立花亭のビラ。この期日が伏線だ。——後から効いて来る」

「はあ」

首をかしげるしかない。

「大正十二年といえば、どういう年だね」

「……急にいわれても」

と、美希。先生は《芥川》を口に含み、味わってから、

「まず、何と言っても、九月一日に関東大震災があった」

「あ。その年――」

歴史に残る災害だ。それが、芥川に繋がるのだろうか。すると、李花が、

「……九月一日って、わたしの誕生日です」

意外な言葉に先生も驚き、

「本当かい」

そんなことで、嘘をついても仕方がない。

「はい。二学期の初日です。防災の日で、毎年、集団下校訓練がありました。――誕生日が大変なことのあった日、というのは小さい頃から知ってました」

「うん。その年が、大正十二年なんだよ。――立花亭の二人会の時には、まだ誰にも、待ち受ける運命が分からない。――正岡はこの年、『文藝春秋』四月号に『江戸再来記（黄表紙）』という文章を書いた。芥川龍之介がそれを読んだ」

「おお」

「そして、褒めた――と聞いて正岡、まあ大袈裟にいえば狂喜したな」

先生は用意のコピーを配る。まさに授業だ。「昭和五十一年、正岡を敬愛する人々によって、大冊『正岡容集覧』が仮面社から出た。彼の文業をまとめたものだ。……村山さんは、落語ファンだから、寄席関係のものが読めればこと足りるだろう。――しかし、ここには、正岡が空襲下、遺書とも思って書き溜めた『荷風前後』もまた収められている。永井荷風を始めとして、多くの人たちのことが回想されている。――中にこれがある」

『芥川さん』という題の一文。書き出しは、こうだ。

芥川さんに小文を称揚していたゞいて、最初に私は世の中へでた。

芥川が菊池寛に宛てた手紙の中で、自分の文を褒めている――と、正岡は知った。菊池に聞いたのかも知れない。胸は躍った。

何しろ当時芥川さんの盛名はおよそ一代を圧してゐたものだつたのだから、私の喜びのほども亦《また》察してやっていたゞき度い、「江戸再来記」の薄謝はいらないゆえ代りに芥川さんの手紙を下さいと菊池寛氏まで申し出でた位だつた。

『江戸再来記』とは、どんなものか。幸い、この『集覧』に収められている。何とも洒落たものだ。

世の中、全てが江戸趣味になってしまう。現代的なものが古臭いといわれる、時の歯車が逆転したような、不思議な世界を描いている。

浅草金竜山に菜めし田楽繁盛し、表看板に初代柳亭種彦が筆の古物を掲ぐ。——従って江戸、カツフエーの衰亡甚だし。

と、地の文を書き、一行開けて会話文が入る。——食事をしようと店に入っても近頃では、どこも畳だ。椅子とテーブルがなくなった。

「おいら神楽坂の、名物屋の紅茶の味が忘られねえわ」

「要するに、どこも江戸風になってしまった。銀座でいえば、ブラジルコーヒーを出すパウリスタなどはつぶれてしまう。現代でいえば、スマホを使う者などいなくなり、皆、巻紙の手紙でやり取りをしている。ユーチューブを見る人は絶え、木版刷りの瓦版を読んでいる——といった具合だよ」

ＳＦのようだ。

「面白いです。寄席好きの正岡なんだから、江戸が好きなんでしょうけど、それを正面から書かずに、逆にしたわけですね」

「そうなんだ。で、このタッチが、まさに《黄表紙》なんだ」

「黄表紙……って何でしたっけ」

「江戸時代の、大人の絵本だな。難しいものじゃない。絵が大きく描いてあって、空いたところに地の文と台詞が入っている。――ぼくのうちには、字の部分を活字にした『黄表紙廿五種』なんて本があったから、子供の時分から、眺めたり読んだりした。――黄表紙を知っていれば、『江戸再来記』の面白さが分かる。《カツフエーの衰亡甚だし》という文と会話の間に空白がある。描いてはいないけれど、そこは絵の入るところなんだ。知っていれば、《紅茶の味が忘られねえわ》なんてしゃべってる、時代遅れの大正人の姿が、浮世絵風に浮かんで来る。そう読んでほしいんだな。――パロディというのは、元が分からないと面白くない。黄表紙を読んだことがなければ、正岡の芸が分からない」

「なるほど」

「逆の世界を描くのは、黄表紙がよくやる、笑いの手だ。――世の中が豊かになり過ぎて、皆が困っている。寂しい道を夜中に歩いていると《追剝がれ》が出る。《追い剝ぎ》の逆だ。被害者を縛って、自分の衣服や金品を縛り付けて逃げて行く。その何ともシュールな場面が絵になっている。被害者に金目のものを押し付け、裸になって逃げて行く《追剝がれ》。小学五、六年の頃に読んだが、この面白さは忘れられない。これが黄表紙の味だ。――大正の人には、まだ分かった。そして、よく、こんな手の込んだものを書いたな、と、にんまりした。――皆、月見や七夕ばかりやって、クリスマスなど見向きもしない。物好きが杉の木をツリーにする。

足袋屋に頼んで、今は手に入らない、靴下をこしらえようとする」

「何だか、いかにも芥川が喜びそうですね」

「そういうわけだよ。――問題の菊池に来た手紙だが、こうなった」


快く菊池氏はその手紙を原稿料の代りにおくつて下すつたので、直ちに私はそれを表装して額にした。たしか湯河原温泉の客舎から菊池氏あて寄せられた手紙で、「花ちるやまぶしさうなる菊池寛」の一句があり、正宗白鳥夫人は美人だねなどとかいてあり、そしてそのあと『正岡いるるとは何ものだね、江戸再来記は巧いよ』云々とはかいてあつたのだつた。


「来た手紙など、取っておかないのが菊池寛だ。正岡がこうして書いてくれたおかげで、救われた。今もその内容が分かる。――落語の二人会のビラまで、掛け軸に仕立てる正岡容だよ。芥川が自分を認めた手紙が手に入った。飛び上がるようにして、すぐ額装した」

「毎日、見上げて、にこにこしたんでしょうね」

「そうだろうなあ。――芥川は、これはと思う句は、あちこちへの手紙に書いたり、短冊に書いたりした。《花ちるやまぶしさうなる菊池寛》というのも、眼鏡越しの菊池の細い目が見えるような一句だなあ」

## 13

「時の波間に沈むところを、いったん救われたこの芥川の手紙。しかし、波はまた襲って来る。二年後、旅に出た時、正岡は、荷物一切を、親しい岩佐東一郎に預けて行った」

翌春、その荷をとりに来て改めると、なぜか芥川さんの額だけが紛失してゐたのだつた。いか許《ばか》りか私はそれを怒り哀しみ、果ては落胆もしたのであるが、つひにその額の手がかりは得られなかつた、今日なればこそ白状するがそののち転落貧困のどん底に堕ちたとき、吁《ああ》せめてあの額が芥川全集に入つてゐたら、せめていまのこの自分の原稿とても少しは市場価値をば生じ得たのではなからうかとまことに浅間しい話ではあるがいくたび岩佐東一郎の上を怨めしくはおもひ返したことだらう。

「うわあ」

リアルな恨み方だ。

「岩佐の『書痴半代記』なら持っている。この額について、何か書いてないかと思った。『正岡容のこと』という文章はあったが、触れられてはいなかったな」

「うーん。残念ですね」

「手紙が出て来ても、正岡の原稿料は上がらなかったろう。しかし、芥川の褒め言葉が、それぐらい彼の支えになっていた――ということだ。そういう正岡だが、この文章の終わりの方では、批判もしている。――『東京日日新聞』に、芥川や泉鏡花、北原白秋、久保田万太郎らが『大東京繁昌記』というのを書いた。それぞれが地区を分担し、東京について語る。芥川は『本所両国』。この中に、芥川の寄席の思い出も出て来る。芥川と落語――ということになると、誰もが一番にあげる」

「だから、正岡も読んだ？」

「だろうが正岡が触れているのは、全く関係のない、終わりのところだ。本所もすっかり変わってしまった――といって芥川は、最後に『方丈記』を引く。無常だ、というわけだ。そして、こう結ぶ。――《僕などよりもちょっと偉かった鴨の長明という人の書いた本ですよ》」

「それが何か？」

「正岡は、この《ちょっと》が嫌だ――というんだな。いかにも、才気煥発な人の文章だ。鴨長明への評価がどうこうじゃない。どう思っていたにしても、こういうところで《無邪気に》僕より偉かった――とは、どうしても書けない。それが芥川だという」

美希は、間を置き、

「……一語から、そういうことを読むというのも、さすがですね」

李花が、言葉を加えた。

「《ちょっと》と付けずにいられない人の、哀しみも、見ているような気がします」

## 14

先生は、《シェイクスピアのスコーン》を半分食べ、話を進める。

「さて、大正十二年のことだ。正岡は大震災の時には、たまたま関西に行っていた。帰って来てすぐ芥川のうちに、見舞いに行っている」

　雑談ののち渡辺庫輔君と三人、散歩にでて諏訪神社境内に小憩したが、折柄茶店の縁台のそば、尾久かけて荒川をみ晴らす古びた木柵には、うらら曇つた秋の日の午後を、世にも青々とした鎌切《かまきり》ひとつしづかに這つて歩いてゐた。暫らく凝視されてゐた芥川さんはやがて満身に秋思を満喫されつくされたもの丶ごとく、ねえ君、さびしいねえと目で指された。「お富の貞操」には猫を、「偸盗《ちゆうとう》」には路上殺されてゐる青大将を、そのほか芥川さんの短篇にはこの種の点景的な花鳥諷詠がじつに〳〵寡《すくな》くないが、そのとき私はさうした芥川文学の本体をこの肉眼で突き当てたやうなおもひがした。

「正岡が書かなかったら、消えてしまう瞬間ですね」

だから、誰かが書く意味がある。先生は頷きながら、

「しかしね、この文章はこう続くんだ」

この話は翌春雑誌「文章倶楽部」誌上へ寄せたらなんと「お富の貞操」には猫を……云々と云ふ最重要の部分丈《だ》けがことごとく削除発表され、ではこの文章そも何がために発表したのやら凡そ意味のないことになつてしまつて随分と落胆したものであるが、おもへば人間と云ふもの、不運のときには万事に付けてこのやうなものなのではあるまいか。


「編集者に……切られてしまったのですね」

「そうだ。大正の末の出来事だが、――二十年も経った空襲下に、こう綴っている。忘れていない。よほど、口惜しかったんだな。――書き手として、最も力を入れていたところを切られる無念さはよーく分かる」

睨まれているような気になる。

「何だか、……自分も編集者で申し訳ないようです」

「しかしね。編集者というのは客観、書き手は主観だ。どちらが正しいかは、問題の『文章倶楽部』に当たらないと、分からない」

「えっ。読めるんですか！」

「そうなんだよ。一般人の手には、なかなか届かない。しかし、芥川研究者には常識。日本図書センターから出ている『芥川龍之介研究資料集成』という本がある。関口安義の編。これの第二巻に入っている。大きな図書館なら、置いてある本だ」

「すごい。先生、芥川の専門家ですか」

「そうじゃあないが、今回は行きがかり上、そこまで調べたな」

「行きがかり……？」

「何をいってるんだい。村山先生が、芥川は、初代三遊亭圓右に似ているという話を持ち出した。で、芥川が圓右について何かいっていないか、それが見つからない——ということだったろう」

忘れていた。

「あっ。そこに繫がるんですか」

「そうだよ。大正十二年の、小さんと圓右の二人会。そのビラまで軸装している正岡だ。芥川と会った時、話題にしないかと、普通思うだろう？」

「思いませんよ、そんなこと」

15

「正岡が、芥川訪問記を書いている。となれば、それを見る。当然の筋道だ」

当然ではないだろうが、先生の話を聞いていると、それが自然に思えて来る。先生は、問題の文章のコピーを出す。《『文壇小景　芥川龍之介氏と鎌切』正岡いるる》。

芥川家を訪ねた正岡。だが、留守だった。ぶらぶら歩いていると、思いがけず歩いて来る芥川その人と出会った。《渡邊庫輔君ともう一人少年のひとがゐる。芥川氏は、鳥の羽根でこしらへた黒い大黒帽のやうなものを冠つてゐられる。――ステッキ》。

どこかで休みたいが、適当なところがない。芥川が《お諏訪さまの社へゆかう。あすこの茶みせで休まうよ》といった。

《ねばねばな赤つちの坂》を上り切ると《暗緑の杜があつて、それに今上つてきた坂へかけて茶みせがずんと張りだしてあつた》。

眼下に、下谷から浅草の景が広がる。《バラックが白くかゞやいてゐた。殊にとたんの屋根がまぶしくて、その果てに観音さまが哀しく見えた。婆さんが茶とお菓子とをもつてきた》。菓子は最中だった。《渡邊君が、私をつかまへて、突然、寄席の話をされた》。話を始めたのは、正岡ではなかった。しかし、そちらは正岡の守備範囲だ。帰って来たところだから、関西の演じ方を話す。

――東京の落語とちがつて、芝居仕立でたとへば浪人が辻斬をしてえいやつと通行人の首を落すと、途端にぼーんと楽屋で凄味に銅鑼が鳴りますよ涼みの船が漕ぎだすと、あちらでも、こちらでも三味線太鼓、いや、その陽気なことゝいふと、下座で三下りの噪ぎをひくといつた調子ですよと、大阪落語の骨ぐみをはなした。すると芥川氏はとてもいやな顔をされた。

「たまらないね、そいつは」

「軽蔑の表情を浮かべた――というんだ。よく分かる。ぼくも関東で生まれ育ち、ずっとこちらの落語を聴いて来た。その耳に、要所で、銅鑼や三味線を鳴らすというのは、どうしても余計な説明に聞こえる。言葉でそれを感じさせるから芸だろう――といいたくなる」

「はあ」

「説明してしまえば、それだけのものになる。俳句は五七五で世界を作る。だからこそ広がりがあり、深い。……しかし、それは上方落語を、実際に知る前の考えだ。ほかならぬ正岡容を師と仰ぐ桂米朝の噺を聴いたら、これはもう別の意味で《たまらないね》というしかない。東の落語と西の落語に、上も下もない。表現の方法が違うんだ」

「日本画と油絵、日舞とバレエみたいなものでしょうか」

と、李花。美希は、

「上方落語を嫌ったのは、芥川らしいけれど、関東の人間なら、ごく当たり前でもあるんですね」

「うん。芥川の事典の中には、これに触れているものもある。しかしそこから先に、落語家論が展開されていることは、あまり書かれていない。細か過ぎるからな。――芥川は、落語を芝居仕立てにするなら、《死んだ桂文治のやうなイキがいゝ、僕は芝居風呂つて噺をきいたけれど巧かつたね、まるで鶴のやうなお爺さんでね》と語り、《それから圓右と小さんの話になつた》」

「おお。——出ましたね、圓右！」

16

「そうなんだ。芥川の言葉が引かれている。正岡でなければ、こうは書けなかったろう。信用できる。村山先生に伝えてあげてほしいな。——芥川は、圓右について、こういっていると」
——やっぱり、リベンジだ。
と、美希は思った。

芥川氏は、圓右のあの気障さがいやだ、うすぺらさがいやだ。到底、小さんの敵でないといはれた。
圓右が小さんの敵でない——これは私の持論であつた。いつも私のいふところであつた——で私もすぐ賛同の意を表した。すると芥川氏は
「だけどこいつは誰にいつても賛成しないんだよ。みんな圓右の方が江戸前だつていふんだよ——」
芥川が、日夏耿之介のいう圓右に似た顔で、そう口にしたかと思うと、にやりとしてしまう。その後が、正岡が無念と思う、問題の箇所だ。

……と、急に芥川氏の瞳があるところに注がれて動かなくなつた。

私は、なんだらうと思つた。そしてその視線をたどつていつた。――それは、暗い欄干のところまで続いてゐた。芥川氏の瞳はそこでとまつてゐるのであつた。

欄干はいゝ加減くたくになつて、あはない歯ぐきのやうに古けてゐた。

私はぢつと目を据ゑてみた。

さうすると、ある黄録色のものがこまかにぴくぴく動いてゐた。

鎌切だつた。小さな草の葉いろの鎌切が背を立てゝ、そこに動いてゐるのであつた。

「み給へ、鎌切だ」

芥川氏は手にした茶碗を放さないで

「寂しいね」

と呟かれた。――そのとき芥川氏に一瞬間前の快弁家らしい姿はもう見られなかつた。芥川氏の瞳は文字通り詩人のやうなやさしさにかゞやいてゐた。

「どうだい。正岡は、この芥川のつぶやきに『お富の貞操』の猫、『偸盗』の青大将に通じる《芥川文学の本体》を見、そう書いたが切られてしまった。百年前の編集者の判断がここにある。痛恨。――さて、今の編集者として、君はどう思う?」

おっと、そう来たか。美希は、文章を見返し、

「……わたしは、……やっぱり、切った方がいいように思います。大学のレポートだったら、そこを結論にしないと、格好がつきません。でも、これはこれでいいでしょう。そこまで書くと――説明になってしまう気がします。感じてもらった方が、いいんじゃないでしょうか。最後に付けた《芥川氏の瞳は文字通り詩人のやうなやさしさにかゞやいてゐた》というのも、いらないと思います」

李花を見た。李花は、

「正岡さんの気持ちは分かります。それを思うと、わたしは残しておいてあげたいような気がします」

先生は双方に頷き、

「……さてそこで――なんだが、正岡は、同じ『荷風前後』の『久保田万太郎氏と旧浅草』の中で、思いがけないことを書いている。昭和二十年、東京大空襲の後、焦土をさまよいながら、正岡の胸に浮かんだのは、異様な喜びだった――というんだ」

「えっ。おかしくなっちゃったんですか」

感情崩壊？

「いや。ちゃんと理由がある。それが大正十二年の、この芥川訪問を受けてのことなんだ」

見当がつかない。先生は続けた。

「――その時、正岡は、漱石が愛し、芥川も評価している三代目小さんが、近く大阪に居を移すそうだ――と話したらしい。単なる噂か、そういうことがあったのか、ぼくには分からない。

――これを聞くと芥川は、痛罵を放ったという。《そんな地震を怖がってづらかる奴は今度は大阪の地震でやられるよ》と」

「ああ……」

「正岡はこの《地震を怖がってづらかる奴》という言葉を、鞭として受けた。大震災の時、自分は関西にいた。芥川や小さんたち、東京人の浴びた業火を浴びていない。それが《後《うしろ》めたく、目を伏せた》という。――以来二十年、そのことを人知れず重荷のように背負って、生きて来た。焼け跡の異臭の漂う中を、歩きながら、正岡は《永年の責任を果たした》ような《肩の荷下ろしたおもひ》になったという。この時、そんなことを感じながら、東京を歩いていた人間は、正岡一人だろう」

「……」

「これを知った時、僕の頭に浮かんだのは、大震災の時の、芥川の様子だ。芥川文《ふみ》さんの、中野妙子による聞き書き『追想　芥川龍之介』に書かれている。一度読んだら、忘れられない」

先生は、コピーを渡す。


大正十二年九月一日の関東大震災の時のお昼のおかずに、ずいきと枝豆の三杯酢があったことを妙に覚えています。

いつもお昼には子供が、二階の書斎の階段の下で、

「とうちゃん、まんま」

と呼ぶ習慣でしたが、当日はどうしたものか、主人は一人だけ先に食べ了《お》えて、お茶碗にお茶がついでありました。

その時、ぐらりと地震です。

主人は、「地震だ、早く外へ出るように」と言いながら、門の方へ走り出しました。そして門の所で待機しているようです。

私は、二階に二男多可志《ママ》が寝ていたので、とっさに二階へかけ上りまして、右脇に子供を抱えて階段を降りようとすると、建具がバタバタと倒れかかるし、階段の上に障子をはずしてまとめてあったのが落ちて来て階段をふさぎます。

気ばかりあせってくるし、子供をまず安全な所へ連れ出さねばと、一生懸命でやっと外へ逃れ出ました。

部屋で長男を抱えて椅子にかけていた舅は、私と同じように長男をだいて外へ逃れ出て来ました。私はその時主人に、

「赤ん坊が寝ているのを知っていて、自分ばかり先に逃げるとは、どんな考えですか」

とひどく怒りました。

すると主人は、

「人間最後になると自分のことしか考えないものだ」

と、ひっそりと言いました。

「いうまでもないが、僕に、芥川を非難する気なんか、少しもないよ」

美希も、こっくりした。

——寂しいね。

という、芥川の囁くような声が聞こえた。

## 17

美希は、濃厚な味わいの生チョコレートケーキをいただいた。

頼んだ時には、

——坂口安吾。

と、誰にちなんだスイーツか認識していた。しかし、食べ始めるともう、どうでもよくなってしまう。

もぐもぐしている美希に、先生は、

「君のお父さんには、《十二煙草入れ》の件で、すっかりお世話になった」

「……いえいえ」

リベンジの矢は、こちらにも向かうのだろうか。

「村山さんが、『羅生門』と菅白雲について、丁寧に講義してくださったんだね。無論、芥川も、菅の書を気に入っていたろう。しかし、それが漱石の本に使われていたことが、非常に大きい。――もし、本が出せるならぼくも先生と同じように、と思っていたのは間違いない」

「はい」

「題簽《だいせん》も、扉の《君看双眼色　不語似無愁》なども、菅の筆だ。――あるところで『羅生門』の装丁について話す機会があった。そうしたら、芥川の研究をなさっている小澤純先生が、石割透の『大正文学断想』に、『羅生門』と漱石の関係について、要領よくまとめてある――とご教示くださった」


漱石先生の霊前に献じると扉に記す、題簽を漱石の友人（芥川にとっても一高の恩師でもあった）菅虎雄に依頼する、表紙の装丁は『漾虚集《ようきよしゆう》』を真似る、その跋文《ばつぶん》は漱石の『彼岸過迄』の序文の内容を意識する、という風に。


「こんな具合だ。見て分かりやすい装丁についてだけいうと、『漾虚集』の真似とは思わなかったな。印象が随分違うからね。しかし、『名著復刻　芥川龍之介文学館　解説』にある、稲垣達郎の『芥川の本』を読むと頷ける。《『羅生門』の造本は、漱石の『漾虚集』から来ているのではないかと想像する。紺色木綿に絹題簽の中国書籍の帙風《ちつ》である点が共通する》というんだ」

「難しいです……」

「《帙》というのは本を保存するための覆いだ。そのような感じの紺色木綿に、題簽が貼られている——確かに、そこは似ている。『漾虚集』というのは、漱石の第一短編集。その点でも、芥川が意識したろう——とはいえる」

「はあ……」

「ただね——」

と、先生は顎を撫で、

「『羅生門』における、漱石本への傾倒ぶりには、もっと単純明快、一目で分かるところがあるんだよ。こういった、文学館のようなところで本を並べて見せたら一目瞭然だ」

「へえー。そんな展示、今までなかったんですか」

「そう思うな。——で、君のお父さんだ」

「は？」

「ぼくと同じような古本マニアだろう」

「ええ。それぐらいしか、趣味がありませんね。——最近は、狭い裏庭で家庭菜園やってますけど」

「才媛のお父さんが菜園か」

「何です？」

先生は、首を振り、

「……いや、何でもない。許してくれ、気にしないでくれ」

「はい」

「――以前、君のお父さんが、ぼくと二人は、古書の世界の、怪人対巨人のようなものだといったそうだね」

「そうでしたっけ？」

「ああ。覚えている。で、怪人から巨人への挑戦だ。――『羅生門』の、漱石本にあやかって作られたところのうち、一目瞭然の箇所とはどこか。ふふ。……聞いてみてもらえるかなあ」

おじいさんの戦いは、原島先生、村山先生、二人だけのものに止まらなかった。二老人から三老人。父の住む中野にまで、飛び火して来た。

李花が面白そうな目で見ている。先生は、

「……どうかね、どうかね」

と、迫る。

「かしこまりました。――確かに、申し伝えます」

実は、父の困る顔もちょっと見てみたい。先生は、楽しみ楽しみと、クリスマス前の子供のように頷いている。

帰りに見ると、喫茶の入口でオリジナルコーヒーの袋詰めを売っていた。メニューにあった四種類だ。

――これをおみやげに、中野のうちに行ってみるか。

注文すれば、すぐに挽いてくれるという。商品名を書いた紙が、袋に貼られている。《芥川》は栗色かチョコレート色といった感じ。それはもう飲んだから別のものにする。小鴨の首にあるような青緑色が目についた。
——題簽って、大事だな。
と思い、先生にそんなことを聞かれたら、
——題字だけにね。
と、返されそうだと、警戒する美希だった。
「これを、くださいい」
と、その袋を指さした。

ふるさとの
訛りなくせし友といて
モカ珈琲はかくまでにがし

と、書いてある。《寺山》だった。

18

駅からうちまでは、歩きなれた道だ。土曜の夕方だったが、それでも日差しが体をいじめる。
——きついなあ。もう、年かなあ。

と、ぐちりたくなる今日この頃の暑さだ。住宅地の庭の緑も色濃く見え、垣根の上に見える木は、桜でんぶを撒いたような花を豊かに散らし、生き生きとしている。

――サルスベリか。

百日紅と書く。

――百日も咲いてるんだから、元気なんだよなあ。見習わなくちゃ。

うちに入ると、クーラーの効いた部屋がありがたい。

「何よりのご馳走だよ」

畳座にいた父が、

「冷気だけじゃ駄目だぞ。水分補給が肝心だ。体は案外、自分でも気がつかないうちに、乾いているそうだ。水が足りなくなると腎臓をやられる」

テレビの健康番組を見ているのだ。そこで麦茶でも出て来るのかと思ったら、違った。

「はい、特別サービス」

母が出してくれたのは、カップに入ったかき氷だった。――ミルク金時。

「おお！　豪華だね」

大きい。

「貰い物でね。昨日、届いて、早速二人でいただいたら、おいしい上にたちまち体が冷え冷え。

――クーラーを弱くしたくらいだよ」

「ここ何年も、かき氷なんか食べたことなかったからなあ。内から冷やすと、こんなに効くものかと思い知ったよ」

「年よりの冷や氷」

母が笑うと、父は、

「季節が季節だからな、危険な暑さの時に、少しぐらいいいだろう」

美希は大きく頷き、

「……ああ、それでか」

うちに着く二十分前に、必ずメールをよこせ――という厳命があった。いつもは、そこまで細かくはない。冷凍庫から出し、食べやすいように、少し溶かしておいてくれたのだ。

――親心だ。

と思う。行き届いている。

「……昔はさあ、おやつの時間過ぎてるのにこんなの食べたら、怒られたよね」

「今日は、まだ夕食に間があるからね。特別に許します」

畳座の、父の定位置の前に座る。おみやげのコーヒー《寺山》の袋と、原島先生の渡してくれたコピー資料を、父に渡す。

かき氷は、カップを上下に合わせた形。蓋のカップは透明で、餡が透けて見える。そろそろ溶け出しているカップに、熱い掌を当ててると気持ちがいい。ゆるゆるとねじっては、伝わる冷たさを楽しむ。

父が、そんな美希を見ながら、

「村山さんと原島さんの対決。面白かったよ」

事前に、ここまでの経過を伝えてある。父は、日夏耿之介も正岡容も、町内のおじさんのように知っていたので、話がすんなり通じた。

カップの蓋が取れた。それを脇に置く。餡は蓋の方に付いている。長いスプーンでかき氷の脇をサクサクと削ぎ、餡をちょっと添えて口に含む。

子供の頃を思い出す。快い冷たさ、懐かしい感触が、舌の上に広がる。

食べながら、

「――芥川と三遊亭圓右なんて取り合わせも、あんまり聞かないよね」

「そうだなあ。文学史には出て来ない」

19

熱っぽかった体が、すうっと涼しくなった。ありがたい。

さて、食べ終えたところで、原島先生の挑戦について確認する。父は、困った様子もなく、

「うんうん、最初の本が『羅生門』だった。――我々の時代だと、高校生の頃、新潮文庫の吉田精一『芥川龍之介』で知ったものだ。日本全国、どこにでもあったからな」

「そうなんだ」

本屋さんにあっても、買うかどうか、読むかどうかは人によるだろう。

「本の作りについては《著者自装題簽は一高時代の旧師で、鎌倉在住の菅虎雄の筆になる》と書かれている。ふむふむ、と思う。――本が好きなら、それを手にしたくなる。自然の道理だ。――就職すれば、多少はお金が自由になる。そうなれば、旅行に行くより、飲み食いするより、まず第一に、復刻本を買おうと思う」

「そうかなあ……。着るものは？」

「そんなものは、暑さ寒さがしのげれば、何だっていい。貫頭衣だっていい」

布に穴を開けて、かぶるだけだ。

「そりゃあ……職場で問題になるでしょう」

父は高校教師だ。

「教科ごとに、国語は紫、理科は赤とかの貫頭衣だったら分かりやすい。洗濯も楽だ」

遠目に見たら、ローマ時代のようだ。校長は金で、教頭は銀か。

母が台所から、

「知っての通り、めんどうくさがりで困るのよ」

本のことだけ、まめなのだ。

「で、まあ、阿蘭陀書房版『羅生門』というのは、復刻本好きがスタートラインで出会う。昔なじみの知り合いみたいなものだ」

目の前に、置かれる。

「……ああ、これかあ」

黄色い箱から出してみる。表紙は、紺色の布に《羅生門》という題簽が貼られている。菅白雲の字だ。

「日夏耿之介は、この本の扉に引かれた、いかにも若者らしい《君看双眼色　不語似無愁》を、最初は笑った」

――語らざれば愁無きに似たり。

「ふうん」

「しかし、亡くなられてみると、この《苦感が》ついに彼の死を招いたと考えたい……ような気がする……といっている。そんな具合に、いろいろと語られている本だが、意外に――」

父は、本を受け取り、表紙を開いて見返しの遊びの一枚をめくり、最初の扉を示す。

《羅生門》という菅の字が、中央に大きく、白抜きの拓本の形で置かれている。

「――ここのことは、いわれない」

「これが……何か?」

本の題名が、扉にあるのは当たり前だ。要するに、いうまでもない。

父は、唇を緩め、

「原島先生は、――芥川の最初の本には、夏目漱石への思いが、一目瞭然、といった形で出ているところがある。それが分かるか――と、聞いて来たんだな」

「うん」

「それが、ここだ」

「……ほ？」

20

「ヒントは大きく、目の前に出ている。柴田宵曲の『漱石覚え書』だ」

美希は、記憶を巻き戻しながら、

「……何だったっけ？」

「そら、村山先生が萱白雲の説明をしたところで、出したんだろう。漱石が古道具屋で買った、篆字の印の話。あれが、柴田宵曲の本に出て来る。消極的だから《ショウキョク》というペンネームにした――という人だ」

「あ。……そういわれれば思い出す」

遠い昔のことのような気がする。

「そこから、萱の書と漱石の繋がりを教えてくれた」

「うんうん。萱は《漱石山房の標札》や、墓石の字も書いたって」

「ほかにも、何か話があったろう。――柴田の『漱石覚え書』なら、中公文庫に入っている。村山先生が手にしたのはそっちだろう。――同じでも面白くない。これでどうだ」

取り出したのは、文庫の大きさだが、硬表紙の本だ。

「表紙の絵は、津田青楓《せいふう》。味があるだろう。……ふふ。日本古書通信社版だ」

古書マニア、おそるべし。父は続ける。

「――『宵曲本三部集』の一冊。ミコも、すでに聞いた通り、『菅白雲』というところに、こう書かれている。――漱石の《小説以外の『文学評論』とか『社会と自分』とかいふものの扉には、硬い字が白抜で現してある。あの筆者は菅白雲（虎雄）である》」

「あっ！」

父は、大きく頷き、

「本好きなら、打てば響く――ここでピンと来る」

「――『羅生門』」

全く同じではないか。父は、そこで、大きな本を二冊並べる。

「えっ。……まさか？」

「こっちが明治四十二年、春陽堂版の『文学評論』。こっちが大正二年、実業之日本社版『社会と自分』だ」

「すごーい……」

「復刻本だから、別にすごくはない」

開いて、扉の部分を見比べる。

三冊並ぶと、有無をいわせぬ迫力がある。白抜きの拓本形式というのは特異だ。その形が、菅白雲の書を生かしている。

「うーん」

大きく目を見開く美希に、父は、

「芥川は、最初の本『羅生門』を、漱石本にあやかって自装した——というのは自明のことだ。しかしそれが、最も端的に見られるのはここだ」

「確かに……」

「どうだ、まさに——一目瞭然だろう」

暮れるのが遅い夏の日が、ようやく少し陰って来た。

「瓜二つならぬ……瓜三つだね」

その言葉に父は、悠然と立ち上がる。

「——時が来た」

「えっ？」

「瓜三つではない。——キュウリたくさんだ」

母が、大きなザルを持って来る。

「今年は、キュウリの当たり年なのよ。暑いから取り入れは朝早くか、陽が落ちてから」

ザルを抱え、いそいそと裏の畑に向かう父だった。

付記

日本近代文学館では、横浜市立大学教授　庄司達也先生、事務局の宮川朔さん、青木裕里香さん、土井雅也さんのお世話になりました。記して御礼申し上げます。

なお、日夏耿之介宅に掲げられた書については、井村君江の『私の万華鏡　文人たちとの一期一会』（紅書房）には、阿佐ケ谷の玄関に菅の《聴雪廬》、長野県飯田の家に会津八一の《黄眠草堂》——とだけ書かれています。『日夏耿之介コレクション目録Ⅰ』（飯田市美術博物館）には、その《黄眠草堂》と、さらに菅の《黄眠艸堂》の図版が並んでいて、後者の存在が確認できます。

## 関連書影

夏目漱石『文学評論』明治42年3月　春陽堂

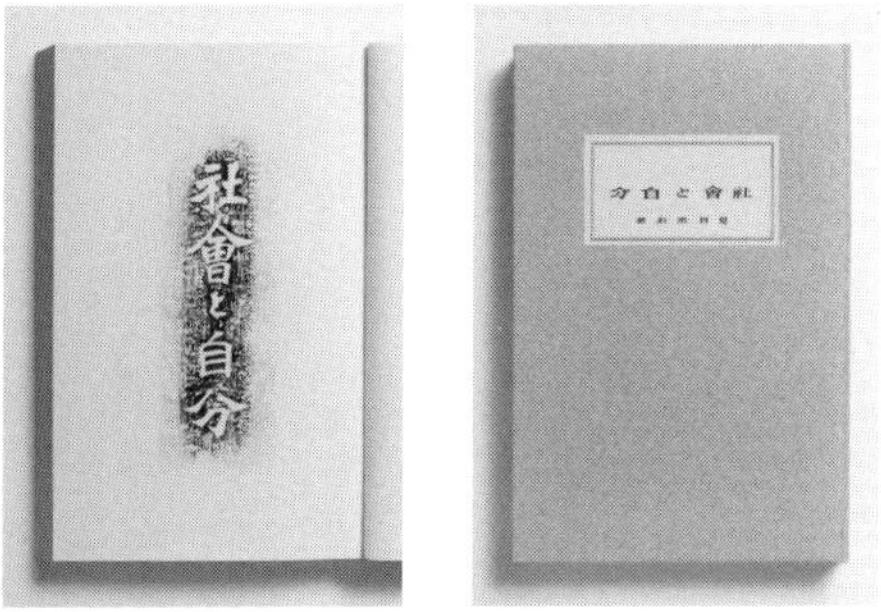

夏目漱石『社会と自分』大正2年2月　実業之日本社

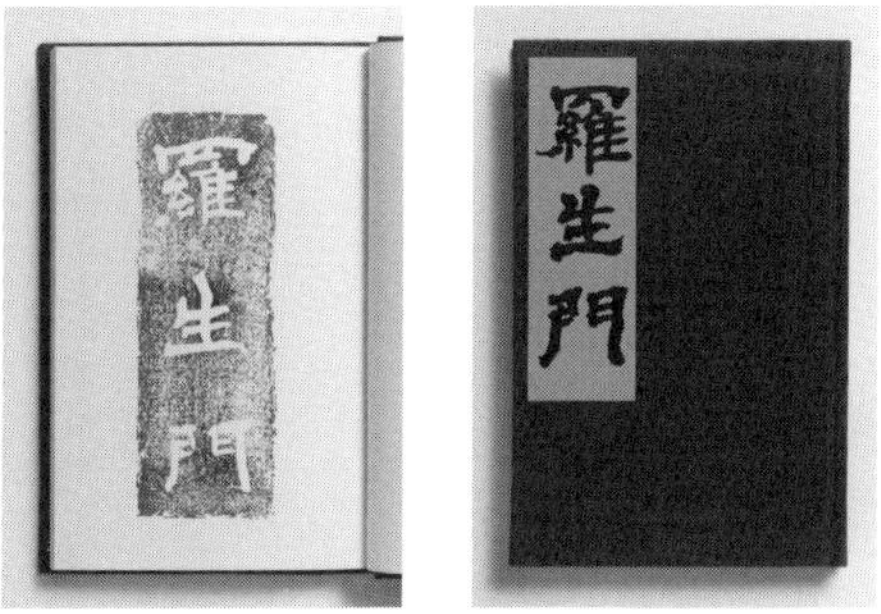

芥川龍之介『羅生門』大正6年5月　阿蘭陀書房

初出誌「オール讀物」

漱石と月　二〇二一年九・十月号
清張と手おくれ　二〇二二年六月号
「白浪看板」と語り　二〇二三年一月号
煙草入れと万葉集　二〇二三年三・四月号
芥川と最初の本　二〇二三年九・十月号

**北村 薫**（きたむら・かおる）

1949年、埼玉県生まれ。早稲田大学第一文学部卒業。高校で教鞭を執りながら執筆を開始。89年『空飛ぶ馬』でデビュー。91年『夜の蟬』で日本推理作家協会賞、2006年『ニッポン硬貨の謎』で本格ミステリ大賞（評論・研究部門）、09年『鷺と雪』で直木賞、23年『水　本の小説』で泉鏡花文学賞を受賞。〈円紫さんと私〉シリーズ、〈覆面作家〉シリーズ、〈時と人〉三部作、〈ベッキーさん〉シリーズ、〈いとま申して〉三部作、『飲めば都』『雪月花　謎解き私小説』など著書多数。アンソロジーやエッセイ、評論にも腕をふるう「本の達人」としても知られる。

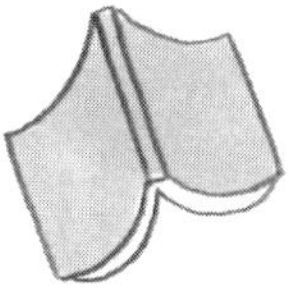


**中《なか》野《の》のお父《とう》さんと五《いつ》つの謎《なぞ》**

2024年2月10日　第1刷発行

著　者　北村《きたむら》 薫《かおる》
発行者　花田朋子
発行所　株式会社　文藝春秋
〒102-8008　東京都千代田区紀尾井町3-23
☎03-3265-1211
印刷所　TOPPAN
製本所　加藤製本
組　版　言語社




ISBN978-4-16-391802-0
Printed in Japan